如何写好小说

[目标—动机—矛盾]

The Building Blocks of Good Fiction

[美]黛布拉·狄克逊 著

沈椿人 译

人民日报出版社

图书在版编目（CIP）数据

如何写好小说：目标、动机、矛盾 /（美）黛布拉·狄克逊著；沈椿人译. —北京：人民日报出版社，2019.5
ISBN 978-7-5115-6050-6

Ⅰ.①如… Ⅱ.①黛… ②沈… Ⅲ.①小说创作—创作方法 Ⅳ.①I054

中国版本图书馆CIP数据核字（2019）第095814号

©by Debra Dixon
The simplified Chinese translation rights arranged througn Rightol Media（本书中文简体版权经由锐拓传媒取得 Email:copyright@rightol.com）
著作权合同登记号：图字 01-2019-2457号

书　名：如何写好小说：目标、动机、矛盾
作　者：[美] 黛布拉·狄克逊　著　　沈椿人　译

出 版 人：董　伟
责任编辑：刘晴晴
封面设计：刘　颖

出版发行：人民日报出版社
社　　址：北京金台西路2号
邮政编码：100733
发行热线：（010）65369527　65369846　65369509　65369510
邮购热线：（010）65369530　65363527
编辑热线：（010）65363105
网　　址：www.peopledailypress.com
经　　销：新华书店
印　　刷：北京金特印刷有责任公司

开　　本：880毫米×1270毫米　1/32
字　　数：114千字
印　　张：8
版　　次：2019年7月第1版　2019年7月第1次印刷

书　　号：ISBN 978-7-5115-6050-6
定　　价：49.90元

目录
DIRECTORY

引言 —————— 001

第一章：人物、事件、原因、必要矛盾　　　　　007

第二章：目标：你的人物有什么追求　　　　　　017

第三章：动机：为什么有这样的追求　　　　　　039

第四章：矛盾：注意！前方高能　　　　　　　　067

第五章：矛盾聚焦（兼谈其他强化矛盾的方式）　093

第六章：GMC表格的进一步探讨　　　　　　　　103

第七章：故事高潮需要GMC　　　　　　　　　　111

第八章：抛开束缚，创设场景　　　　　　121

第九章：GMC头脑风暴　　　　　　　　　141

第十章：故事概述（不多于50字）　　　　151

第十一章：这个那个　　　　　　　　　　161

附录A：推荐阅读和参考资料　　　　　　167

附录B：GMC表　　　　　　　　　　　　177

引言

写作要是不难,
那谁都能当作家了

引言

事业初期,有位知名作家曾对我说:"我们不喜欢写作本身,喜欢的是写作的结果。"

很独到的见解。

至少我是这么认为的。我很欣慰地发现,那些出版业巨星并非满心欢喜地坐在键盘前,毫不费力就敲打出一篇篇散文,编辑成一部又一部畅销小说,好像作者无须花费什么力气一样。不是这样的,作者也有创作艰难的时期,但他们一直在坚持。

作家只管写作,就这么简单。不论有多艰难,一点一点写下去就行了。有时笔下生花,才思泉涌,写作如行云流水;有时以头撞墙,痛苦不堪,甚至会想,为什么非要如此呢?但潜意识里总有个声音嘟哝着:"我们无法不写。"于是,我们重新提笔,要么继续未完成的大作,要么转而构思新的故事。

每一次进行新的创作,我们都想找到更轻松的方式,想避免犯过的错误,想让小说的创作步入正轨,想顺利完成整个作品。

我们可以参加研讨会,报名工作坊、辅导班,买各种指导书,投身各类写作比赛,加入文学批评小组、作家小组,等等。当别的作家侃侃而谈时,我们专心致志地听,没准他们就有写作的捷径、神奇的公式,或者放之四海而皆准的诀窍。有时会发现,关于写作,我们这样的人才应该说点儿什么。

当本地作家小组让我就情节设计做个分享时,"目标"

"动机"和"矛盾"三个词浮现在我的脑海。我收藏了无数的写作指导和剧本创作类书籍,在很大程度上,是这些书成就了我。差不多每一本书都以某种方式大谈"目标""动机"和"矛盾"三个概念。书架上讲此类内容的书不少,对上述三者的叫法也是层出不穷:

目标(Goal)——愿望(desire)、想法(want)、需求(need)、野心(ambition)、目的(purpose)

动机(Motivation)——动因(drive)、背景(backstory)、推动(impetus)、刺激(incentive)

矛盾(Conflict)——问题(trouble)、张力(tension)、冲突(friction)、反派(villain)、路障(roadblock)

不论你管它们(GMC)叫什么,从根本上说,这三者是我们小说世界中一切事件的基础。小说中的事件又叫情节。(没错,情节这东西又复杂又骇人,但实际上却可以分为三个要素。)对我而言,它们很简单,不过是我从无数的阅读和研习会中一点点内化于心的东西。但对作家小组的成员来说,三者都是陌生的概念。没想到,在我分享时,小组成员并没有无聊到打盹儿,而是对我所讲的内容惊讶得合不拢嘴,有的还匆匆写下笔记。

我还是有点脑子的,很快就意识到是不是真的发现了什么窍门。不是说史无前例,也不是什么巧夺天工,只是一些易于理解的窍门。寻求放之四海而皆准的诀窍时,作家们想要的是能运用到个人实践中的东西,要那种能理解消化再加以利用的。

那是我第一次在工作坊讲GMC的概念，之后我发现，自己在很多方面都能运用它，不仅限于情节设计。我还将它用于塑造角色，刻画场景，消解小说中间部分的沉闷，设定难忘的次要人物，创作故事梗概，与编辑交流想法，甚至是在写下大量章节之前评估某个想法的可行性。GMC就像是我思维过程的组成部分，是我工作中的一种无意识的过滤器。

我在大学课程里讲授GMC概念，在全国各地分享过这个概念，发现它几乎对所有作家来说都是有所裨益的。有的作家将其应用到写前准备中；有的作家先按自己的方式将作品写好，然后用GMC的概念来进行修改；还有的作家只是将GMC用于与编辑会面的准备或是写征询信函。

每一位作家都是独一无二的，其写作过程也是独一无二的。不论是创作初稿、构思情节还是成稿修改，都没有绝对正确或错误的方式。不妨先弄懂GMC概念，然后再问问自己，如何才能在自身的创作中使用它。

为方便理解，我会一个一个地讲述目标、动机、矛盾。等你读完本书，这三个词会深深地印在你的脑海里。以后看电影你都会想到它们，阅读时也会受其影响。一旦理解了GMC的概念，就会发现它无处不在。

说到电影……

有任务来了。把以下电影租来看一看：

《绿野仙踪》（一定要看）
《鹰狼传奇》

《终极证人》

《星球大战》

《卡萨布兰卡》

《亡命天涯》

  为什么我让你看电影而不是看书呢？因为大家的阅读品味差别太大了。电影是画面，是不会跟你"讲"任何东西的，而是把一切呈现在你眼前。电影不会把你限定在说明文、叙述文或描述文的体裁中。它是一种快捷方便的媒介。而且，对很多人来说，看6部电影总比看6本书要容易得多。

  需要注意的是，即便你已经看过上述电影，也请再看一遍。微小的细节相当重要。尤其是《绿野仙踪》，这部电影简直是我们理解GMC概念的典范。《绿野仙踪》成为经典是有其深刻原因的，这都在于目标、动机和矛盾。

第一章

人物、事件、原因、
必要矛盾

对小说来讲，标题中的四个问题尤为重要。作者要做的，就是快速准确地讲清这四个问题。写作有意思的地方在于，当知道自己的文字正吸引着读者胃口时，内心的满足感就油然而生。一旦吸引了读者的胃口，你就会期待读者读下去。

大多数作者的第一位读者都是编辑或者（出版）代理人。他们读的稿件太多了，都懒得往下翻页。在纽约，不请自来的书稿堆积如山，简直触目惊心。有的出版社和出版机构的书稿堆了三尺高，都能做办公室的隔断墙了。而你要做的，是让你的稿子努力成为特约稿件。

先别泄气，我要跟你说的是，我见过的所有编辑都希望从那书稿堆里找到一些新鲜又精彩的东西。编辑和代理人都是爱书之人。同时，他们也是行业标杆。也就是说，他们的标准和期望都很高。要出版自己的作品，就得先引起他们的注意。

编辑和代理人都有点像克林特·伊斯特伍德（Clint Eastwood）。当然，他们不会像他一样，拿起某本书稿就说"给我点乐子"。但你可以认为，他们脑子里想的是"引起我的好奇心"。浮夸的隐喻和普通的句子结构肯定是不够的。你得有个坚实的写作基础，得塑造出扣人心弦的情节和个性十足的人物。

每个读者拿本书坐下来读的时候，都有所期望。他们希望作者能引发他们的好奇心。

那要怎么做呢？怎么去引发读者的好奇心呢？你得给他们新鲜感。你必须塑造一些丰满的人物，他们身上要有独特的目标和动机。

如果你塑造的人物呆板,故事情节枯燥无味,一看就能猜到结局,那你的作品自然就落于平淡,出版社也会给你个平淡的退稿。别再写什么傻乎乎的金发女郎、有男子气概的运动员或者被宠坏的富家小姐了,那都是大家信手拈来的套路。你要给读者塑造的,是能挣脱文字束缚走入读者内心的人物。塑造让读者产生共鸣或是异议的人物,塑造身陷重围而且无路可逃的人物。

比如路易莎·梅·奥尔科特(Louisa May Alcott)《小妇人》(Little Women)里面的乔(Jo)。乔可不仅仅是个司空见惯的假小子,她也有敏感的一面,写激情的小说,对于喜欢的人从不掩饰自己的柔情,甚至还时不时透露出母性的气息。事实上,假小子只是乔复杂人格中的一个方面。

无须全新的情节,但你可以用全新的人物来抓住读者的胃口。人物塑造是通俗小说成功的关键,其中首先要考虑的是目标、动机和矛盾。

小说四大问题中的人物问题

还记得那四大问题吧?那是你需要解决的首要问题,如此才能吸引读者注意。

在写出具体章节之前,你得花时间去塑造小说中的人物,要先回答"本书写的是谁"这个重要问题。有些作者会采用问卷的形式给人物填写信息,包括兴趣爱好、亲朋关系、个人成就，等等。还有些作者更喜欢刻画人物框架，或者写微型人物传记，以此来深入理解小说中的人物。

我用的是角色扮演技巧，即所谓的人物采访。我假装自己是小说中的人物，接受批评家的采访。先告诉他们一点儿关于我的线索，然后开始接受盘问。一般的采访持续45分钟到1个小时。没有太多的提问准备，通常用磁带录音机录下整个过程，这样我就不用再花时间去做笔录了。

提问的范围很广，可以简单到"你最喜欢的颜色是什么？"，也可以复杂到"最让你失望的人是谁？原因是什么？"

采访中的提问经常跌宕起伏，让人无法预料，如：

"你去参加了毕业舞会吗？"
"没去。"
"为什么没去呢？"
"我不喜欢人多的场合。"
"为什么呢？"
"因为我能感觉到周围人的情绪。"

模拟对话一番后，我发现我塑造的人物被植入了情感。出人意料，真是出人意料。假如我不进行这种人物采访，也不会有此番发现。我写《神秘山》（*Mountain Mystic*）时，角色移情在男女主角的冲突当中发挥了关键作用。

不管你选哪种形式，都会大有收获。倘若你书中的每一个行为都能归结到特定人物的目标和动机上,那么人物自身就会把发展情节呈现给你了,情节走向成了一种必然。你书中的主角(或者说主要人物,在本书里我们称之为"主人公")会有自己的"安排",自己做出决策,把故事引向全新的方向。

最重要的是,这个人物会在小说中引导读者,促使他们继续读下去。说到引导,我得提醒一下,在小说的头十几页,要注意你介绍的人物数量。你们写的小说,肯定都有好几个重要人物。很多小说至少有两个重要人物,即主人公和反派。有的作者会不自觉地引入多个人物,把小说写得很复杂。

开头部分就介绍过多人物的话,要小心了。打消读者阅读积极性最快的,莫过于情节不连贯、角色关系复杂的第一章。如果第一章过于平淡无奇,满是人物背景经历,也会成为读者失去阅读兴趣的罪魁祸首。

第一章就像是第一印象——你只有一次机会。

别搞砸了!

德怀特·斯温(Dwight Swain)在《畅销书写作技巧》(Techniques of the Selling Writer)中写道:"让读者知道下面会有冲突,而且是他们会感兴趣的冲突。"斯温说得一点而没错。你是作者,希望读者与小说中的人物和情境产生共鸣,希望读者能读懂小说的走向。

就像错过电影的开场,你会不会觉得沮丧?因为在开场部分,电影就会交代清楚人物、事件、原因和必要矛盾。要是错过这关键部分，就会感觉一头雾水，跟不上剧情，找不到笑点，觉得稀里糊涂的。

小说的第一章就跟电影的开场差不多。第一章必须交代清楚小说的主要问题，做一定的引导介绍。你是在把读者引向小说的主人公（或是反派），或许还有一两个其他的重要人物。

时刻谨记，从人物出场开始，读者就应该跟他产生共鸣，能体会到他的情感。（即便你第一章介绍的是反派人物，也必须让读者沉浸其中，引发他们的兴趣。现在我只是假设你第一章引入的角色正是主人公。）你要让该人物"刻"在读者脑海里，并且不在这一点上浪费过多时间。

主人公为某特定目标奋力拼搏时，读者也想有身临其境的感受。他们想知道，是什么动机促使该人物去达成目标。而目标能否实际达成，读者也会"担忧不已"。这种担忧就是由矛盾催生的。

假如主人公的生活一帆风顺，所要的东西应有尽有，那你的小说就会毫无生趣。这样的小说，编辑不会看，读者也不会买，哪怕是买了，也不会看完。他们期望的是充满不确定性的阅读旅程，而你满足不了他们的期望。

我们现在说的期望，是通俗小说的读者期望。有的人会买文学小说，阅读人物生活的某一个方面；有的人会买实验小说，或是买人物传记，那他们就会期望小说的节奏慢一些，对白少一点，期望读到更多的描述性文字。（请注意：我并不是说所有的文学小说或人物传记都是节奏慢、对白少、描述华丽。我只是想说，不同的小说题材有不同的读者期望。实验小说的作者就别老去迎合通俗小说读者的口味了。）

通俗小说读者希望角色有特定目标，受动机驱使，要面对某种矛盾。他们想要作者讲清四大问题：

谁（Who）——人物
事件（What）——目标
原因（Why）——动机
必要矛盾(Why not)——矛盾

为何强调上述问题？

上述问题（4个W）共同推动故事的发展。我们都听过这句话："没有人是一座孤岛。"同样的，上述四个问题都不是一座孤岛。四者联系密切，放置恰当就能构成一个完整的句子。举个例子：

人物受动机驱使，有了目标，但他又面对着矛盾。

看见了吧，四个要素放在一起，组成的架构清晰明了。但这句子写下来实在太平常了。要确切阐明四者的重要意义，就得说得更具体些：

有个悲伤的女孩想回堪萨斯看望生病的婶婶，但她得先打败坏女巫才能获得魔法师的帮助,魔法师有送她回家的能力。

对此,我们还可以换个更清晰的说法:

龙卷风把桃乐茜(Dorothy)吹到了奥兹王国,她必须打败坏女巫来寻求魔法师帮助,让魔法师送她回家看望生病的婶婶。

不管是哪种说法,你都对整个故事逻辑有了清楚的认识。两个版本都运用了前面提到的四个问题。设定好小说的人物、事件、原因和必要矛盾,整个思路就会清晰起来。如何实际描写这些信息还并非关键,关键在于,你一定要明白,人物、事件、原因和必要矛盾都是读者和编辑关心的重要问题。他们想探个究竟。尤其是编辑,他们希望上述信息的表达清晰简明,有助于读懂你的作品。

小结

本章介绍了4个W(人物、事件、原因和必要矛盾),讨论了第一个问题——人物的重要性,讲述了GMC(目标、动机和矛盾)在设定人物方面的重要作用。接下来的几章我将会一一讲述What,Why 和 Why not,也就是我们所说的目标、动机和矛盾。

第二章

目标：你的人物有什么追求

目标乃心之所向,是一种所求,是一种方向,是小说人物想要获取的奖赏或回报。人们都喜欢人生赢家,小说读者自然也不例外。

读者都想看小说中的人物战胜困难,假想自己是书中的人物,体会他们的挫折,感受当中的矛盾。主人公最终实现目标时的成就感,读者也想体会一番。

要让读者完全沉浸在人物的奋斗历程中,首先得让他们清楚人物的目标。你是作者,你得明确笔下人物的目标,把读者往这个目标引导。你若指向小说主人公,读者自然会跟进,而且看得很享受。

怎样打造好的目标?

小说人物想要的,应是他们目前还没有的。若只是希望已有之物更多一些,那就没什么吸引力了。更进一步说,小说人物应该极度渴望他们还没有的东西。就像是挂在前方的胡萝卜,看似近在眼前,实际远在天边,不经过长期努力无法得到。由此,胡萝卜变得格外重要,它是你小说人物极度渴望的东西。

现实生活中,每个人都有所希冀。每个人都有自己的打算,也正因为如此,生活才充满了不可预测性。但这不同的打算也可以运用到小说里面。小说人物若有所希冀,若极度渴求某种东西,就绝不会像根木头一样随波逐流。他们会追寻自己的目标,会为目标付诸实践。

实践相当重要。

敢于实践的小说人物会让作者的工作变得简单,因为实践能创造出情节。说白了,要写小说,就必须有情节,那为何不让笔下的人物来替你创造情节呢?你可以放手,让他们自己去追寻目标,成就你的整本书。他们历经的劫难会让读者沉浸其中。

最好的目标既重要又紧迫

目标是非常重要的。小说人物可以为了该目标不顾自身利益,甚至在必要的时候承受痛苦。"非常重要"就是说,如果目标未能实现,后果会让人很不开心。人们都会想方设法避免不开心的后果。这是人的本性。

现在我们来明确一下,什么叫"不开心"。不开心可能意味着压抑或尴尬(喜剧型),可能代表着某些危险或致命的因素(悬念、惊悚、诡异型),可能是件令人心碎的事(催泪型)。它可能意味着,主人公若是失败,就会陷入绝望的财政困境,比方说破产。如果主人公不想谈感情,那么哪怕是心动的情愫都会产生一种不开心的后果。

无论不开心的表现是什么,大都隐藏在动机当中,这一点我会在下一章详谈。现在我们要讲的问题是,目标应当非常重要。一旦失败,就要面对后果。

对小说人物目标来说,紧迫感也必不可少。它能吸引住编辑,也能吸引住读者。假若你小说主人公设下的目标不紧迫，可以下周才为之行动，甚至是可以推迟到明年再行动，那你就需要重新设定了。

为什么？如果不必立马采取行动，就没有紧迫性。没有紧迫性的话，编辑何必现在读你的小说呢？今晚读与明年读都一样，因为故事不紧迫，就不扣人心弦。想让编辑为之所动，故事梗概或开头设疑就要能打动人心，让他（她）爱不释手，想立马顺着读下去。你会希望他（她）读完开头，然后看下一页，不停地看下去。

紧迫感能让你的小说从无数的待审手稿中脱颖而出，剩下的手稿在编辑眼里是上不得台面的。要记住，编辑拿到一份手稿的时候，想的是："勾起我的好奇心。"激励小说主人公的东西要有紧迫性，要有重要性。因而"最后期限"（deadline）小说很受欢迎。

比如，一个已不再偷盗的窃贼，给他三天，要他偷来"希望"钻石，要不然他妹妹就会遇害；一个为取得监护权而抗争的母亲，给她一次抚养孩子的机会，但这机会一旦失去，就再也没有第二次；一个电脑黑客，要设法入侵政府电脑，因为系统里极其不公正地将他误判了死刑；一位优柔寡断的单身女性，给她五天时间，让她打造一个完美的圣诞节，为的是给小男孩惊喜，因为这小男孩不知道是否有人爱他、愿意陪着他。

上述例子说的都是需要采取行动的人物角色。他们都要做些什么，<mark>而且是即刻去做</mark>。

紧迫性不一定是显化的时间。你的小说要扣人心弦，不一定要有个日历或者时钟作为期限提醒。紧迫性只是需要立马采取行动。人们迫于压力，会做出不寻常的决定。有的决定会创造幽默，有的会带来危险，有的会导致过错。

让不可预测的事情发生。你要做的，就是创造一种紧迫性，与人物的目标紧密相连。换句话说，目标设定对小说是至关重要的，会给小说增加张力。**紧迫性**会推动人物向前走。感到时间不够或机遇之门就要关上时，人物就必须做出抉择，而且要果断。

还记得之前说的吗？塑造让读者产生共鸣或是异议的人物，最简单的方式就是把人物逼到绝路，让他立马行动起来。如此一来，读者对他的决定就会产生共鸣或异议。不管怎样，你都赚到了，因为读者会继续读下去，了解故事发展。

目标并非总会实现

没错，在有的小说里，主角无法实现目标。与目标未能实现的小说相比，读者总是更喜欢小说有个圆满结局。举个目标未能达成的例子，假设有这么一个场景，主角是警察，他的目标是抓住凶手。小说讲述了300页之后（你也知道该写结局了，已经够长了），警察敲了凶手的门。那凶手发现了警察，从后门跑了出去，跳上货车，一脚油门溜走了，逃脱了制裁。

你觉得难受吗？

难受吧？我也觉得难受。我墙上那块凹陷就是拜这类书所赐，因为结局与我预期相反时，我会很暴躁。我看一本整整350页的书，肯定是想看自己期望的内容。这样的书没有给我想要的结局。（过于圆满的结局也没必要，这一点我稍后再讲。）

假如凶手逃走后却留下了证据，警察能据此最终确认凶手的真实身份，这给人的感觉如何呢？

嗯，稍微好些了。但问题是警察还是没能抓住凶手。凶手逃走了，故事就此结束，文字就此打住。

我们现在讨论的，是具有广大市场的通俗小说，因此，我不推荐刚写书的作者写上面那种小说。这种小说与读者的信赖背道而驰。你跟读者间有份契约，约定要让读者开心，约定不欺骗读者，约定要实现目标。

刚刚那个警察的例子里，目标实现了吗？不好说。如果作者设定的人物目标是抓住凶手，那就没有实现。但换个角度来说，假设警察有两个目标：一，抓住凶手；二，确认疑犯身份。这样的话，这本小说也算是实现目标了。警察确认了疑犯身份，实现了两个目标之一。

这就能让我看得舒坦吗？未必。我还是会觉得被骗了。

不过，要是该小说还有续集，续集里警察继续追捕凶手呢？那就对了。小说构架是可以设定续集的，凶手的疑虑就成了第二本的焦点。

如此一来，满足读者的关键就在于，你心里要清楚，自己写的书是有续集的。明确该书讲述的范围后，你就可以设计具体架构了。主人公努力拼搏，实现了一定意义的成功。

第二章

你能完成与读者的契约,读者才会继续信任你,再买续集。

言情小说的目标

抱歉,我得讲点儿肥皂剧的东西了。言情小说里的女主目标,不是坠入爱河,然后步入婚姻殿堂。男主的目标也不是这样。他们脑子里最要紧的,是找到灵魂伴侣。实际上,这绝非易事。恋爱是言情小说人物间的矛盾。要不然的话,男女主角在第一页的时候就会相遇、相吻、相拥、相守。

写出来的书会特别短。

构思目标的时候,想一想,恋爱要怎么让事情复杂化?我写过一本书,讲的是纵火案调查员和纵火狂患者的故事。一个要查清真相,一个要证明清白。坠入爱河让他俩更难实现目标了。

如果你写的恋情里面,男女主角只是不停约会闲逛,读者很快就会厌倦。抗争过程呢?要支持谁?失败后果是什么?会冒什么风险?

对很多言情小说来讲,设置悬念相当有效。但悬念并非是造就人物强烈目标的唯一途径。最重要的是,小说人物看重自身目标。如果女主是位单身母亲,因乘船失事流落于某海岛,那她会专注于如何回到孩子身边,没心思去谈一场海岛之恋。

假如女主是位出名的女巫,男主一心要揭穿她,她要奋力反抗。女主想证明自己没有弄虚作假,男主则千方百计给她找麻烦。她要怎么证明自己呢？设想一下，如果男主发现自己内心想要相信女主就是真正的女巫，那会发生什么？

两人相爱就会阻碍人物原本设定的目标。相爱就需要男女主角做出抉择。

要不停给读者甜头

读者的信赖相当重要。要去满足读者期望，做到一次，你就可能做到第二次、第三次、第四次……读者相信你，会一直买你的书，成为你的忠实读者。对写作事业帮助最大的，要数你的第一位读者——编辑。

因此，我建议刚写书的作者，要让人物实现目标。让读者尝点儿甜头。如果是言情小说，就写男女主角真的坠入爱河私订终身了。确保男主角和女主角在结尾部分都还活着。留给读者一个他们所期望的美满结局。

如果是舒适派推理小说，就要解开谜团。你笔下的侦探必须找出了所有线索，查明真凶。要时刻牢记，你与读者之间是有契约的。

要是我写的人物在故事发展过程中改变了目标呢？那算欺骗读者吗？

别担心。这并非坏事。有时候，目标是会变的。就说警察抓凶手的例子吧。警察突然发现，自己被诬陷成了凶手。

这样一来……找到真凶就不如证明自身清白重要了，警察肯定不想进监狱。目标从职责所在转变为了解决自身危机。

很多作者都会在写书时不自觉地改变目标，把故事推向高潮。等写到"结局"时才惊讶地发现，小说人物最后实现的目标已经不是最初设定的那样了。没关系，只要你能保证，读者都明白人物改变目标的缘由。

老一套的常识必不可少。目标转变合理吗？合乎逻辑吗？你能向读者阐释清楚人物改变目标的原因吗？你是不是尽可能把转变控制到最小？

最恼人的是那种犹豫不决的人物，搞不清什么最重要，一会儿一个新目标。你要是写这样的角色，读者会大喊："这有什么意思？"然后一把把书摔到墙上。

对于刚写书的作者，有这样一个法则：一个人物，一个目标。

GMC这一套全是条条框框！要这样！不要那样！到底要哪样？

我们先丢开GMC不谈，你要知道，无论什么法则，都会有作者天赋异禀，跟这些法则背道而驰，写出让大家信服的文字。我在此分享的只是些建议，想帮助你避开一些陷阱，以免投稿作品迅速被退回。

写作技巧指南并非金科玉律。每一位作者都有不同的风格。你大可让笔下人物不停变换自身目标，只要你能清楚为何这么做就行。了解写作技巧，然后为你所用。

比方说，为了利用写作技巧，我会经常在某些场景转换视角，经常这样。很多作家都会认为这有点儿出格。要是有哪条特定法则或定律说"一个场景下你只能有一种视角"，我是不会认同的。

那不是我的风格。于是我研究视角，研究那些在场景中转变视角的作家，学习他们转变的技巧。明白了视角的机制后，我在写作时，就会出于某些特定原因放心地打破法则。GMC帮我理清楚哪个人物已危在旦夕，也让我明白，我能把握转换视角的时机。

一个不错的经验法则（没错，又是法则）是**带着技巧去实践**。遵循法则，必要的时候打破法则。找出对你有用的，然后加以利用。对我有用的就是，在场景的情绪发展发生变化时，转变人物视角。明白了吧？我一直坚持着一条特定法则，该法则是我研究之后演变过来的。

紧迫性上不能出错

现在回到目标的话题上来，说那些在人们最意想不到的时候发生改变的目标。改变人物目标时，最要紧的是，别丢失了之前辛苦设定的紧迫性。警察抓凶手的例子里，在凶手再次行凶前抓住他是个非常紧迫的目标。但他的新目标是要证明自己的清白，给找凶手增添了难度，因为调查过程掺入了警察的个人安危。时间越来越紧,而警察自己却面临被捕。

很多言情小说中,创造紧迫感的都是感情升温情节。而性的吸引又让两个人决心实现目标,在彼此失去信心前,把感情的矛盾解决掉。

假定有个外表绅士的海盗,他可以私下与某女性接触,这位女性可能知道某宝藏埋藏的位置。而与他争夺宝藏的是另一个海盗,他手里有份残缺的地图。于是两人展开角逐。绅士海盗能在对手破译地图前俘获女士的芳心吗?

紧迫性。紧迫性。紧迫性。

紧迫性在设定目标时给你的帮助最大。

填空

深入探讨之前,我们先看看下面这张表。本书分析《绿野仙踪》里桃乐茜的GMC体系时,会一直用这张表。哦,对了,我自己写书时真的会用这张表。

人物	外部	内部
目标(Goal)		
动机(Motivation)		
矛盾(Conflict)		

可以用宽100cm、高30cm大小的纸张来做表格。用这种规格的纸张,你在填写的时候,就能贴便利贴。不论写什么

小说，刚开始的时候，GMC表格肯定都是受尽诟病，不断修改。用便利贴就方便多了，要换掉不合适或者不够好的内容都很简单。便利贴要撕要换都不费事，哪怕是要整体挪到另一个方框区域也不麻烦。

有的作者跟我说，他们做GMC表格用的是海报板，贴那种大的便利贴；有的用擦写板；有的用电脑，因为他们没法"在纸上"构思；有的就刻画在脑子里，或者用铅笔和笔记本。

不管你熟练后把GMC记在哪里，刚开始的时候最好还是用表格。这里的"刚开始"是指还没弄清各要素及其相互之间的关系时。

把中心人物的GMC表格并排放到一起，看他们GMC要素的重叠部分怎么产生连锁反应，又怎么产生矛盾冲突，这一方法尤其有效。如果你小说中心人物的GMC表格没有相互交织，那你就要问问自己，为什么要写这些人物？他们是盟友还是敌人？或者既是盟友又是敌人？如果从表格上看，他们既不是盟友也不是敌人，你就得回过头再做些工作了。你需要笔下的人物相互支撑、相互推动、相互阻碍。

创造阅读热点很像是把一群咆哮的狗关进一个笼子，然后就坐山观狗斗，看谁能打到最后。你要确保主角的目标与其他人物相交织，由此产生矛盾冲突。主角想要从其他人物那里得到什么？其他人物又想从他那里得到什么？

要记住，目标就是你笔下的人物所想。每个人都有自己的打算。

《绿野仙踪》的目标

《绿野仙踪》里的桃乐茜有个宏伟目标,在她心里没什么比这更重要。她想要什么?她想回家,回到堪萨斯。

她的目标很简单——回家。清晰明了,简单易懂。这个目标不能难以捉摸,而应是显而易见的。然后把目标分化出去,给读者强烈的震撼。"这正是我笔下人物所求。"震撼,震撼,震撼。

对桃乐茜而言,目标看似简单,但实现起来困难重重。回家是终极目标,要实现终极目标,得先达成几个小目标。

第一,她要到翡翠城;第二,她得找到魔法师;第三,她必须拿到女巫的扫帚。

要踏上回家的路,她必须先完成上述事项。做这些事都是有缘由的,这叫动机,下一章我们会详细讲述。现在,桃乐茜的GMC表格就成了这样。

桃乐茜	外部	内部
目标	回家 1.到翡翠城 2.见魔法师 3.找到女巫的扫帚	
动机		
矛盾		

第二章

你肯定注意到了，我只是填好了桃乐茜的外部目标信息。外部目标与感情需要、精神需求或生活教训无关。不难看出，桃乐茜"回家"的目标与她的感情或是角色内部设定没有关系。如果某事物你能看见、触碰、品尝、听出、闻到……那就是外部因素。回家是形式上的，因而是外部的。如果人物要去感受（体会情感），那就是人物内部的一面了。

桃乐茜的角色绝非仅局限于外部设定，这也让她的角色更有内涵。从内部来说，桃乐茜找寻的是内心的渴求。要知道我们讨论的是青少年，世上所有的青少年都在找寻快乐，找寻情感上的满足。

桃乐茜身上包含着**内部GMC**和外部GMC，因而是个多层次人物。她不只是想回到堪萨斯，她还有内心的渴求。在她身上，情感因素和外部因素共同发生着作用。

我所喜欢的人物都是内部GMC和外部GMC的组合。翻开书架上的书，你可能会发现，中心人物身上都有很强的GMC。实际上，你可能会发现，所有的人物身上都有很强的GMC，这也是我要讲的下一个点。

你书中的人物，只要不是路过的无名流浪小孩，都应该有GMC。他们的GMC不一定都写得很翔实，因为有的角色可能很小，有的可能都不带视角，你不会为他们耗费过多笔墨。但是你自己必须清楚地知道每一个人物的GMC。你要知道是什么在支撑着你书中的人物。

如果书中人物都有自己的打算，那他们就成了故事的参与者。故事有了参与者，情节就会形成，书中的场景就活了。他们的生活充满未知,因为读者并不知道接下来会发生什么事。人人都有所求,这些人物正是在追寻所求。读者不知道谁能成为最后赢家。

给人物制定内部和外部双重目标,有助于保持故事的紧凑感。桃乐茜的GMC表格现在成了这样:

桃乐茜	外部	内部
目标	回家 1.到翡翠城 2.见魔法师 3.找到女巫的扫帚	找寻内心的向往,到一个没有烦恼的地方
动机		
矛盾		

可以亡命天涯,但不可以回避目标

哈里森·福特(Harrison Ford)在电影《亡命天涯》中成功塑造了理查德·金波(Richard Kimball)这个角色。演员阵容强大只是电影成功的部分原因,引人入胜的故事设定、生动逼真的故事场景以及恰如其分的故事节奏都必不可少。你觉得这些制胜因素从何而来?因为每一个人物身上都有很强的GMC。

金波要找到杀害妻子的真凶,这个**外部目标**非常紧迫。

首先，该目标极其重要，金波为此可以不顾自身安危。找到杀害妻子的凶手事关重大，他可以为此做个"逃犯"亡命天涯，而不是放弃希望就此罢休。他甚至可以为此从下水道排污管跳出来，掉进几百英尺下湍急的河流中。他选择直面死亡，绝不放弃抗争的机会。

人物抉择推动情节发展

人物在压力下会做出抉择，金波跳入河里就是个很好的例子。不论金波是死是活，他的生活都完蛋了。但是他采取了行动，也正因如此，我们才迫不及待地想知道，他的抉择最终成功与否。是这个抉择把我们进一步带入电影，我们也把自己置身于他的抗争历程中。

再来看金波的内部目标。这个很难说，因为整个电影对于人物的内部GMC的描述少之又少，留给观众很大的想象空间，让观众去推测明显的内部目标。金波责怪自己没能及时救下妻子，怪自己太软弱没能阻止凶手，他想摆脱这种负罪感，想做些事情来弥补自己的过错。

《亡命天涯》中的其他人物角色也有很强的GMC。山姆·杰拉德警长（Deputy Marshal Samuel Gerard）想要抓住"逃犯"理查德·金波。杰拉德认为在逃的疑犯非常危险。金波被认定为凶手。杰拉德为争取荣誉，使尽浑身解数，要把疑犯捉拿归案。医生查理·尼高（Dr. Charlie Nichols）的目标是不让金波接触到警长一行，要把金波孤立起来。尼高不想让金波发现妻子遇害的真相,因为他就是幕后主使。

金波房东的儿子因贩卖毒品被捕,他的目标就是减轻控诉。只要警察能撤销对他的控诉,他可以为警察透露金波的位置。

大目标始于小步骤

对男主金波来说,找到杀害妻子的真凶并非易事。他先得达成一些较小但很紧急的目标,就像桃乐茜回堪萨斯那样。金波的第一个小目标是跟法律保持点儿距离。他必须得逃走。接下来,他需要衣服,需要换装,还需要养伤。

这些事做好之后,他必须设法进入医院查看假肢记录,整理出独臂男人的可疑名单。他得挨个去查证。名单上有个人关在监狱,他得设法进到监狱去,还得全身而退。

哇!理查德·金波可有的忙,因而情节发展的节奏很快。所有的小目标让他逐步接近大目标。每一次受挫都会给他教训,让他更接近真相。

小目标必须有助于推动故事发展的高潮。小目标应该增加人物信心,或是加重人物疑虑,由此对人物产生改变。小目标应该达到推动情节发展的作用。《亡命天涯》中,金波查证怀疑对象名单时,进了监狱,这让他完全暴露在敌方(法律)阵营中,非常危险。该场景产生紧张感,显示了金波要完成目标的决心。

多重外部目标也是可以的

有的人物角色同时追求多种东西。不过还是得注意，人物的各个目标要相互交织，不然你会发现，小说出现了不同的方向，会弄得你痛苦不堪。比如《星球大战》中的卢克·天行者(Luke Skywalker)。他想做绝地武士，又想找到R2D2机器人全息图中的公主，想帮助公主。这是两个有力的"宏伟"目标。

两个目标相互交织。他要学习成为绝地武士，这对救助公主、摧毁死星来说都很重要。在帮助公主的过程中，他找到了能训练他成为绝地武士的人。两个目标共同推动着故事发展。

多重目标就像是流星，要撞到一起才行。

再放一次，山姆（《卡萨布拉卡》台词）

说到一个人物几个目标，除了两个目标相互交织，改变目标也是一个办法。《卡萨布兰卡》是个很好的例子。片中的里克·布莱恩(Rick Blaine)是个玩世不恭的人，在那个危险的年代，世界面临着战争，而他唯一关心的，或者说他唯一想要的，是把自己的酒吧经营下去。那就是他的首要目标——经营好酒吧。

他记忆中挥之不去的，是伊尔莎·伦德拉斯洛(Ilsa Lund-Laslow)。在巴黎时，伊尔莎失约于里克，里克想惩罚她。但当他意识到伊尔莎和维克多(Victor)面临的危险时，他的目标就变了，虽然帮助伊尔莎会危及他的事业，会危及他的首要目标。他放弃了惩罚伊尔莎的打算，转而设立另一个外部目标——帮助伊尔莎上飞机，这把他自己置入了危险的境地。

可怜的老里克内心十分纠结。他想重新找回与伊尔莎在巴黎时的爱情，但他又想为世界做点儿正事。伊尔莎的丈夫对战争形势极为重要，把伊尔莎和丈夫送上飞机，保护他们安全离开，这就是对世界来说的正事。

里克的多重目标一直迫使他做出抉择，这抉择很艰难。

很难想象，如此经典的电影竟然是"头脑风暴"创作。头天晚上，编剧（作者）写第二天拍摄的情节。作者们创造出鲜明的人物角色，将其放在了艰难的环境当中，就像把一群咆哮的狗放进一个笼子，然后静观其变。这种做法成功了，因为剧中人物都有很强的目标、动机和矛盾冲突。

小结

现在明白了吧。目标，是GMC的第一个要素。目标的大小各不相同，它是人物踏上征程的召唤，是人物付诸行动的缘由。

要点回顾：

1. 目标必须有重要性和紧迫性。人物未能实现目标就要面对相应的后果。

2. 多层次人物既有内部目标，又有外部目标。

3. 人物主要的大目标通常伴随着一系列的小目标，小目标把空谈化为行动。

4. 人物的目标在故事发展过程中可以发生变化。

5. 书中的所有人物都要有GMC。

6. 人物抉择推动情节发展。

7. 目标并非总会实现。但如果人物的目标未能实现，你必须通过其他的方式去满足读者。

8. 多重目标就像是流星，应该要撞到一起，对人物产生影响——迫使人物做出抉择。

第三章

动机:为什么有这样的追求

目标是"事件"，动机是"缘由"。你笔下的人物为什么会有如此需要？他们为什么要实现目标？为什么？为什么？为什么？"为什么"这三个字，确是小说必不可少的因素。

动机是促使人物达成目标的力量。小说人物可以有多重动机，而所有动机都指向同样的目标。不过，首次写书的作者应当只给人物设定一个动机。

要简单，有力，有针对性。

杂耍演员不会一开始就抛出五个球，肯定不会。掌握杂耍技巧并非易事，写作也是如此。不论是写作还是杂耍，都要一步一步来。

谁都能把球抛向空中，谁都能在纸上写写画画，难的是确保球不掉到地上，难的是让别人愿意去阅读你的文字。

写作是一种交流。如果你不能充分激发笔下人物，读者就会产生迷惑，会皱起眉头、一脸茫然。读者会对你的书摇头，翻白眼。如果你回答不好"为什么"，读者就会浮躁，会对你的心血嗤之以鼻。他无法打消心中疑虑，无法继续沉浸在你的小说世界里。他不会相信你写的人物。

如此，你无法实现交流。

动机可能是GMC三要素中最为重要的。小说可以天马行空，不受任何限制，可谓一切皆有可能。但有个前提，你要让读者理解人物为什么要这么做，为什么要把自身置入绝境，为什么会做出这样的抉择。

动机就像是一种魔法，能让读者与书中人物产生共鸣。

动机通常都是紧跟着"因为"两个字。看到这两个字,就意味着要解释动机了。"因为"二字就是动机的标志。为什么小鸡要过马路?因为它要到对面去。

人物要实现某目标,因为他受动机驱使。

桃乐茜想回到堪萨斯,是因为什么?

很简单,她必须回家,回到堪萨斯,因为婶婶病了。观众不必费心思去猜想桃乐茜为何要这么做。在电影的黑白场景部分,制片人就已经完美阐释了动机。

桃乐茜离家出走,因为她觉得自己的生活一团糟。(注意这句话中的"因为"二字,后边带出的内容解释了桃乐茜一开始离家的原因。"因为"和"为什么"是紧密相连的。)是的,桃乐茜就是因此离家出走的。她遇到一位预言家。说他是预言家,不如说是骗术高手。但他心地是善良的。他看到桃乐茜的篮子,猜到她离家出走。他让桃乐茜闭上眼睛,以便为她预言,好把她送到她该去的地方。

趁桃乐茜闭眼的空当,他赶忙翻看了她的包,找些线索来增加他预言的可信度。他看到了桃乐茜婶婶埃姆(Em)的照片,大胆猜想桃乐茜的生活中是不是有位年纪较大的女性。天真的桃乐茜上了"预言家"的当,对他的话深信不疑。于是预言家顺藤摸瓜,大谈婶婶埃姆,以此吸引桃乐茜。他告诉桃乐茜,婶婶可能生病了,让桃乐茜认为婶婶需要她,现在就需要她在身边,分秒必争,刻不容缓。

又回到紧迫性的问题上了。紧迫性总是能推动情节发展，加快故事节奏。

一听说婶婶埃姆不好，桃乐茜就赶紧跳出预言家的马车。她匆忙穿过龙卷风的中心地带赶回家。因为她认为婶婶生病了，要是她不在身边帮忙，婶婶可能会死去。这也是桃乐茜到奥兹王国后驱使她的动机。

奥兹王国是个奇幻的矮人国，风景优美，还有着激动人心的魔法。一般人可能会住上一段时日，在奥兹王国走一走，花上两三周度个假，然后才会想回家的问题。但桃乐茜不是这样。她感到时间紧迫。婶婶埃姆危在旦夕，她要是不回家，可能就见不到婶婶了。

该动机很强，可以让桃乐茜想尽办法，不顾自身安危，只为回到堪萨斯。只要能回到婶婶身边，桃乐茜愿意冒任何风险，可以做任何事情。小小的桃乐茜有着坚定的动机。

这样我们就填好了桃乐茜GMC表格的外部动机。

桃乐茜	外部	内部
目标	回家 1. 到翡翠城 2. 见魔法师 3. 找到女巫的扫帚	找寻内心的向往，到一个没有烦恼的地方
动机	婶婶埃姆危在旦夕	
矛盾		

每个场景都要有小动机

激励人物去实现大目标还不够,你必须给书中的每个场景设定有力的理由。在《绿野仙踪》里,桃乐茜的GMC表格里有三个小目标。跟大目标一样,每一个小目标都有坚定的动机。桃乐茜想要回到家中,这迫使她做出抉择,付诸行动。她必须先实现三个小目标,不然回不了家。

接下来的问答结构是用来讲述小目标动机的,你会发现,每一个回答都是"因为"开头。要记住,GMC用单个句子描述时,"因为"二字是动机的标志。

为什么桃乐茜要到翡翠城?
因为魔法师在那儿。

为什么桃乐茜要去见魔法师?
因为好女巫告诉她,魔法师有能力送她回家。

为什么桃乐茜需要坏女巫的扫帚?
因为魔法师想要这个扫帚,以此作为送桃乐茜回家的报酬。

叮!时间到啦!我们来理一下逻辑关系。桃乐茜不过十来岁,她并非奥兹王国的人,也没有什么特殊技能,但她却要去偷坏女巫的扫帚,而女巫是会魔法的。桃乐茜不仅要偷扫帚,还要进到女巫的城堡里去偷。

"脑子有病才会这么做吧。"

确实如此。那创作者要怎么让读者相信这荒诞的情节呢？创造动机。这时候，GMC就成了化腐朽为神奇的工具。缺少动机的人物会一走了之，拒绝接受魔法师的任务，摆摆手，说句："我做不到。"

如果婶婶埃姆只是感冒发烧，该情节也无法成立。但婶婶埃姆不是感冒，桃乐茜不能一走了之。她的动机非常坚定，足以让故事趋于合理化。婶婶埃姆需要她，婶婶是桃乐茜挂念的人，而这个人可能要死去了。因此，桃乐茜会不顾一切接受任务。

她会铤而走险，因为她别无选择。而观众会认同她，因为大家都明白事情的紧迫性。我们明白她一定要回到婶婶埃姆身边的原因，会支持她，为她担忧。

如果你设定的动机说服力够强，读者就会追随你（还有你笔下的人物）到任何地方——哪怕是穿越时空去往外星飞船，同行的是些上了年纪的瘦小女士，还雇用了黑帮，读者也不会反对。关键在于合适的动机。

为成功做好准备

有位作家曾跟我说，她出书前，总是给人物设定真实的生活动机。虽然她在全国业余作家大赛上取得过斐然的成绩，但她一直被退稿。于是，她回过头好好审视了自己的作品，结果让她大吃一惊。

第三章

她给人物塑造的动机都很普通，很平凡，一点也不强势。毫无疑问，那些动机都很"真实"，只不过是有点儿不起眼。她把平凡的动机换掉，代之以高于生活的动机，随即出了第一本书，之后就出了很多书。

高于生活的动机不是说要主人公像个超人一样去拯救世界，高于生活只是非常重要的意思。

举个平凡动机的例子，一位女主想要逃离虐待她的丈夫。她的动机是保护孩子。该动机很清晰，也很重要，会让读者感同身受。读者都会同情她，都能理解她为什么想要离开。再说个逊色些的小说，小说的动机很普通，故事的女主想要逃离，因为她搞丢了老板的纳税凭据，弄混了费用报表。而实际上，除非她老板是黑帮教父，不然她没什么有力的逃离动机。

很多作家缺少的，都是合适的动机。写小说时，我们笔下的人物要做一些他们通常不会去做的事情。为此，所写的人物要有恰如其分的动机，就像桃乐茜。

你不能给人物任何偏离故事发展的理由。可以把他扔出门外，扔进风暴里，或者把他关进房间，必要的话把门上锁，但就是别让他回避挑战。

倘若桃乐茜还想着她没做完的家务，还怕因为没回家吃饭被责骂，那《绿野仙踪》就不会这么成功。《绿野仙踪》能取得这样的成就，就是因为桃乐茜想的是家人，尤其是她的婶婶埃姆。创作者有没有想过桃乐茜牵挂着家务活儿没做完的版本，我们无从得知。但我猜他没想过，顶多只是想了一下就否定了。

用GMC表来分析小说潜力

小说或电影的世界里黑白分明,有些在理论上看似行得通的,在小说或电影里却行不通。借助GMC表,你就能预见小说走向。你可以评估动机的说服力,看它是不是足以令人物接受你所设定的挑战。

看一下更新后的桃乐茜GMC表,外部目标与动机之间的紧密联系便一目了然。

桃乐茜	外部	内部
目标	回家 1.到翡翠城 2.见魔法师 3.找到女巫的扫帚	找寻内心的向往,到一个没有烦恼的地方
动机	婶婶埃姆危在旦夕 1.魔法师在翡翠城 2.魔法师能送她回家 3.送她回家的代价是女巫的扫帚	
矛盾		

动机驱使桃乐茜去实现目标。看看你的GMC表,评估一下设定的动机可否为人物提供必要的推动力。

每个人物都是独立的，要把所有人物的动机都列出来，标记出"弱项"，这很难做到。但是，你可以根据故事的前后内容设定来评估人物动机，看他的动机能否给他所需的动力，让他去接受挑战。

动机的另一面——内部动机

桃乐茜的GMC表看起来更完整了，但是我们还需要继续分析人物内部的GMC。GMC的内部因素是指小说的情感因素。因此，内部动机能激发出人物的情绪。

为什么桃乐茜要找寻内心的渴求？为什么她想要找一个没有烦恼的地方？这个答案也在电影的黑白部分。

桃乐茜追寻内心的渴求，因为她过得不快乐。该动机与现实生活相符。据我所知，青少年时期的孩子会对某些事感到不快乐，甚至是对所有的事情都感到不快乐。桃乐茜自然也不例外。

她的内部目标和动机都符合十几岁的孩子的情况，完全合情合理。我们能理解桃乐茜，因为大家都是这么过来的。她不快乐，因为她那天过得很糟糕。玛格丽特·汉密尔顿（Margaret Hamilton）饰演的角色要带走桃乐茜的小狗；桃乐茜掉进了猪圈；大家都没时间理她，没人跟她聊天；婶婶埃姆和叔叔亨利（Henry）对她凶了；那天刮了龙卷风。

孩子的逻辑都很天真，桃乐茜认为，要是能找到没有烦恼的地方，她真的很想去……如果能找到心之所向，她就会很快乐。这就是情感因素，你触摸不到，看不到，也听不到。这是人物的一种生活背景，最后会让人物成长。它完全是情感层面的，绝非物质层面。

桃乐茜	外部	内部
目标	回家 1.到翡翠城 2.见魔法师 3.找到女巫的扫帚	找寻内心的向往，到一个没有烦恼的地方
动机	婶婶埃姆危在旦夕 1.魔法师在翡翠城 2.魔法师能送她回家 3.送她回家的代价是女巫的扫帚	1.她不快乐 2.她到哪儿都会有烦恼
矛盾		

巧夺天工的搭配

时刻谨记，你设定的目标、动机和矛盾都要与人物相匹配。16岁的主角不会去担心退休问题，60岁的人物不会纠结毕业舞会。

每一个人物的GMC都有所不同，每一位作者对GMC的设定也不一样。这没什么问题。人物是你在设定，书也是你在写。不该由别人来告诉你，什么行得通，什么行不通；或是哪个GMC过于简单，哪个GMC过于复杂。

第三章

每一位作者都有自己设定GMC的方式,你得去试验,但要记得,一切都源于你所写的人物。你笔下的人物,要是那种真会做出必要抉择来推动故事发展的。

评判你的GMC和所写人物,不能单靠一句孤立的负面评价,要客观地回答如下问题:

该目标对人物重要吗?
动机具有紧迫性吗?
目标有实现的可能性吗?
人物是否有特定优势或缺点,让小说因为他的存在而与众不同?
你能否用该GMC帮助读者理解所写的人物?

不过,要是你收到一大堆负面评论,那就得重新考量了。

若有读者说你的小说不可信,那不是因为你的人物去了外星,也不是因为你的人物治愈了绝症,是因为你的GMC不合逻辑,与人物不匹配。读者想告诉你的是:"我不信他们会遇到这样的处境,不信他们会做出这样的抉择。"

那样的话,你就得改写GMC或者改写人设了。

比如你煞费苦心,想给读者呈现一个保险推销员的故事。推销员正身处丛林做急救手术,而他手中的工具只有一把烧烤钳、一个衣夹和一把瑞士军刀。其实把推销员换成消防员更好。假设消防员是护理人员,刚结束实习,不知不觉中,你的人设就具有可能性了。再加上飞机坠毁给他留了个急救箱,那你就离解决问题不远了。你已经改好了人设。

或者也可以就说是保险推销员，再增加点压力，给他动力。丛林地上躺着的是他心爱的女儿，女儿奄奄一息。她无法呼吸，需要疏通呼吸道。其他人都死了，她正喘不上气。推销员只有一把瑞士军刀，一根从圆珠笔上拆下来的笔管。我觉得，他可能有足够的动机搏一把了。他没别的选择，对吧？

只要动机有力，你就能让读者信服。夯实动机的基础就像是织毛衣，如果有一针织错了，你就得回头返工。至于其他问题，有时你只需要再加一句话，或者只对人物的背景做一点儿改动即可。

巧合不能取代动机

我读过不少新手作者的书，他们塑造的人物仿佛是空洞的布偶，由作者放入特定环境，以期制造最佳的幽默或惊险效果。倘若作者要制造紧张惊险的氛围，他就写女主的汽车抛锚，流落在某个奇怪的小镇，她被困小旅馆，穿着睡衣，手无寸铁，破败的走廊对面有一扇关着的门，门后传来尖叫声，女主要去一探究竟。要让情节更夸张一些的话，就写门下面有鲜血流出。

立马就有紧张悬疑的效果了，对吗？不对。

读者不会因此紧张得坐不住，只会翻个白眼，说道："不是吧，她有这么傻吗？为什么不跑向另一边呢？去打电话呀，去拿个武器呀。"最好得有说服力够强的动机，使得女主一定

第三章

要去走廊那头，否则读者根本不会相信你。说人物遇到一连串的巧合，这设定实在是不够高明，难以造就令人信服的小说。

若非事出有因，一般人都不会拿自己的性命去冒险。人身安全指导员经常指导学生说，遇险时要喊"着火啦！"，别喊"救命！"。人们会伸出援手救火，却不会在意你遭遇麻烦。这是现代人性悲哀的一面，而你的读者可能正是这样的人。因此，他完全清楚一般人是什么样。

穿着睡衣，手无寸铁，要去查看尖叫声从何而来，这绝非常人所为。

除非像恐怖、科幻、超自然或奇幻小说一样，你所写的人物受某种超自然力量控制，要不然，该情节是不成立的。没脑子的人物，连常识都不懂，不论经历多少艰难险阻，都成不了大英雄。也只有没脑子的人才会去那么一个走廊。

你该怎么办呢？

你就写女主的妹妹住那个房间，如此一来，门后传来的尖叫声就跟女主角的个人利益相关了。再假设女主有一把枪，设定好背景，让读者相信，为救人她会不顾任何艰险。或者说，她丈夫正是因为遇险时无人相助才丢了性命，如果她袖手旁观，不顾他人死活，她内心会痛苦不堪。要让该场景成立，有无数种方式。

关键是动机，而非巧合。

等一下！大作家也总写巧合呀！

大家可能会写信反对我，先不要急。是的，我知道，有些风靡一时的书正是基于巧合的，约翰·格里森姆(John Grisham)的《终极证人》就是一例。不过，若非人物处于那样偶然的时机而做出抉择，巧合也不会成立。

读过《终极证人》的开端吗？故事讲的是一个路易斯安那的律师（掌握着危险的黑帮秘密），他决定悄悄自杀，而自杀的地方刚好有两个小男孩在偷偷吸烟。明显是个巧合。双方都不曾料到会有别人出现，相互间也不认识。但他们就是碰见了。巧合也罢，命数也好，你想怎么说都行。

不过，那一刻之后发生的事情，都是特定人物对该场景的反应引起的。如果你熟悉约瑟夫·坎贝尔(Joseph Campbell)的《千面英雄》(*Hero With A Thousand Faces*)与克里斯托弗·沃格勒(Christopher Vogler)的《作家的旅程》(*The Writer's Journey*)，你就会认定，该场景是《终极证人》中的决定性情节之一。《终极证人》的主角是个少年，这场意外的撞见对他来说是一种"征途召唤"。主角人物面临困境、挑战或冒险时，差不多都会收到开始征途的召唤，召唤他们行动起来。他们可以拒绝，也可以接受。

《终极证人》中的小男孩接受了召唤。他选择去阻止律师自杀。他衡量危险性，认为危险较小，于是爬到车顶，拉出了那根从汽车尾气管输送致命性一氧化碳进车内的橡胶管。男孩的选择引发了随后的事情。

小说人物能做出选择,作者也可以做出选择。你可以选择如何写故事开端,如何传达主角人物的征途召唤。格里森姆大可写小男孩溜达着进了公共浴室,看到律师正要举枪自杀。那还有原来的效果好吗?还有原来那么吸引人吗?我觉得比不上原来的版本。因为这样一来,就没有下意识的抉择了。

人物的抉择往往比单纯的巧合更吸引读者。

桃乐茜并非是碰巧被卷入龙卷风里的。她的行为让她在错误的时间出现在错误的地点。她选择离家出走而遇上龙卷风,因为她在家里过得不快乐。她又选择冒着龙卷风跑回家,因为她牵挂着婶婶。桃乐茜的所有行为都源于有力的动机。

《终极证人》中,小男孩的行为就像是把自己置身于龙卷风里,跟桃乐茜遇到的龙卷风一样,非常危险。巧合的意味淡化了,取而代之的是选择、目的和行动。

分析不同类型的巧合

巧合:作者没能为书中情节设定好基础,没能有效推动情节发展。

你可曾读过这样的书或手稿,里面的场景有点……额……平淡?无厘头?读之无味?下面的内容就是个绝佳的例子:

问:"为什么人物都在干洗店相遇?"

答:"是这样的,我需要让他们同时出现,因为女主角正要取回一件化装舞会的衣服,男主角可以就此说点俏皮话吸引对方。衣服其实不是女主的,但他并不知情。"

问:"没别的了?"
答:"嗯,没有了,只是性的吸引。他们就这么碰到一起。大家都在那,可以说是一场有趣的邂逅。"

上述情境来自爱情喜剧,但问题是,当中唯一说得上来的意图,是作者想要安排一场有趣的邂逅,想要写点俏皮话吸引对方。人物本身并没有目的意识,完全就是呆滞的布偶。作者要是把人物写得过于随意,就像是大富翁游戏一样,没有章法,那就等同于在寻求返稿和退稿。

如果说男女主角一定要在干洗店相遇,那男主角可以是名法院官员,他来是要查封干洗店的,因为干洗店已经破产。而女主可能非常想取回那件限量晚礼服,礼服是从她姐姐那借来的,但未经姐姐许可。姐姐又是个社交名媛,脾气挺大。这样设计一番之后,虽然男女主角还是在同样的时间同样的地点偶遇,但他们在那出现,都有说服力很强的原因。

在新的情境设定下,女主角就有动机驱使了。她要说服男主角让她进到干洗店,就进去一小会儿。如果拿不回礼服,她就得跟姐姐坦白,那简直生不如死。要不然就要卖掉自己的车,换取足够的钱来赔上礼服。

即便是短篇喜剧也得有好动机。要是觉得故事篇幅短,不必花那么多心思在GMC部分，那你就大错特错了。实际上，故事篇幅越短，对GMC的要求越高。我的意思是说，要有清晰易懂的GMC。短篇故事不能浪费时间写些无关紧要的东西。你得把人物设定好，立即进入正题。

写书的人不能写上整整五页去介绍背景故事（人物背景），然后才进入正题。一本书要是不超过65000个字（英文单词），那么每一页都弥足珍贵。书的开头部分，外部动机的设立往往最为关键。内部动机可以娓娓道来，穿插在整个故事当中，一点一点地讲述。

巧合：作者没能恰当地为人物设定背景动机。

还有一种巧合你得尽量避免。要是人物没有背景介绍，你觉得烦不烦？就跟凭空出现的一样。

设想一下，有这么个小说，小说的女主角带着领养的孩子，搬到男主角的隔壁住，而男主角恰好丧偶，也领养了一个孩子。出人意料的部分来了。他们领养的孩子显然是兄妹，或双胞胎。这故事很有意思吧！

不对。

无论多有意思，要说"天哪，简直不敢相信，我们竟然有联系"，这样的情境没有可信度。恰恰因为如此，巧合葬送了一本书。读者会一下子从这幻想世界回到现实，翻个白眼，说道："拜……托……我根本不相信。"

如果你辜负了读者，那可能就永远失去他了。

当然，很难构想某个情境，完全不含巧合，就说女主是出于某种原因要找到孩子的兄弟姐妹。更难的是，要说明白女主角为什么一定要搬到男主隔壁，为什么不直接上门拜访或者打个电话？

要知道，写作要是不难，那谁都可以当作家了。

但如果你肯花时间，深入挖掘你的人物和故事，就可以让该情节成立。书就会更有说服力。嗯……要是女主的孩子并不是双胞胎或者说根本不是领养的呢？要是她因为负担不起孩子特殊的医疗费用而抛弃了其中一个呢？要是搬到男主隔壁是她唯一能看到那个孩子成长的办法呢？要是她是违法找出领养孩子的人呢？如果你把这个"要是"的文字游戏玩得足够深入，巧合就不存在了。取而代之的是人物背景故事，它驱使女主角要搬到男主角隔壁住下。

"要是"法也是一种头脑风暴。

唯一行得通的巧合是有意而为

人脑的创造能力是不可估量的。可能不经意间你会感叹，我怎么这么聪明啊！

书写到一半的时候，你想起之前主人公说过一次的话。当时他站在厨房的高脚凳上，伸手去抱橱柜顶上的猫，脸色显得很难看。他说："我恐高。"你笑了一下，继续创作。

现在……书写到中间部分，那句之前看似无关紧要的话，一下子变得非常重要。你笔下的主人公被迫站到了窗台,毫无征兆,他说:"我恐高。"你感觉自己真的太机智了。那一刻,窗台就给读者留下了深刻的印象,在男主角脑海中也挥之不去。

这就是个很好的巧合,是有意而为。它也叫"照应"。好的小说自成一体,故事发展连贯自然。不是一连串不相关的事件,而是人物经历的总和。每一件事都会影响小说人物,丰富他的人格。

至少,在理想的情况下,就应该如此。有时我们没那么机智,主人公站上窗台前,想不到他之前在厨房说过的话。没关系,改写也是件有趣的事情,只要回到厨房的那一段,加一句"我恐高"就行了。

更多有关动机的例子

你要把GMC运用到别人的作品中,以此来进一步学习掌握。分析不同类型的电影和小说,不论是什么主题,基本问题仍然是"为什么"。

为什么《亡命天涯》里的理查德·金波要找出杀害妻子的真凶?

因为他要证明自身清白。
因为他要为妻子讨回公道。
因为他不想在监狱中度过余生。

有一个动机非常紧迫,而且所有的动机都很有说服力。有了这些动机,我们就有充足的理由相信金波在电影中的所有行为。他专注在一个目标上,有动机驱使,决不放弃。当然,这是外部动机,与金波具体的外部目标紧密相连,该目标就是找出杀害妻子的真凶。

该电影与众不同,节奏紧凑。内部动机也推动着外部GMC。如我之前所说,我们要自己去猜测金波的内部GMC。由此,我列几条电影中显示出来的动机,电影并没有正面交代,但都有很明显的暗示。

为什么他想摆脱愧疚感?

因为他没能救下妻子的场景一直折磨着他。他做噩梦,大白天也会出现幻觉,不断想起妻子被杀害的所有细节。

因为他只有放下过去才能继续向前。

跟桃乐茜的例子一样,内部动机是创造情感的事物。言情小说作家尤其应注重GMC的内部因素,因为言情小说正是以内外两条故事线而闻名。一般来说,多研究一下内部GMC,我们就能理解"病态主角"。实际上,GMC是言情小说作家最有力的武器,可塑造出备受欢迎的男主人公(强势寡言的那种),让读者能理解他。如果要让读者喜欢上瑞德·巴特勒(Rhett Butler,《乱世佳人》男主),就得让他们更好地理解是什么让这个人有了动力。如果读者明白他看重什么，就会同情他。

要说次要人物的动机，《亡命天涯》是个很好的例子。杰拉德警长就像是咬着骨头的狗。

为什么他想抓捕理查德·金波？

因为他认为重刑犯都很危险。
因为保护美国市民是他的职责。
因为事关他的荣誉。

杰拉德的一个目标有多个外部动机，这些动机都很重要。调查过程中，杰拉德会发现金波并不危险，可以说是人畜无害，也没有害人的前科。他甚至曾奋不顾身地从急诊室救下过一个误诊的小男孩。所有这些行为塑造出他清白的形象，表明他正尽力为自己正名。

这个逃犯并不危险。由此一来，杰拉德的动机之一就弱化了。好在杰拉德还有另外两个动机，这两个动机继续驱使着他，让他决心不减。其实，金波从监狱逃走的一幕对杰拉德的自负是一记重击，金波就是在他眼皮底下逃走的。

一个动机弱化（金波不危险），另一个动机（杰拉德的名誉）却增强。设定多重动机时，要注意如何让这些动机去保证人物坚持下去。

推动多重目标

《卡萨布兰卡》里的里克·布莱恩忙得不可开交：维持酒吧经营；惩罚伊尔莎；把伊尔莎和维克多送上飞机。他要在这几个目标间维持平衡。电影开头部分，前两个目标同等重要。到电影尾声时，把伊尔莎和维克多送上飞机成了最重要的目标。

为什么里克想要维持酒吧的经营？

因为他要挣钱。酒吧既是他的营生，也是他手下员工赖以生存的基础。

为什么里克想要惩罚伊尔莎？

因为伊尔萨在巴黎离开了他。

为什么里克想把伊尔莎送上那架飞机？

因为这是唯一能保证伊尔莎人身安全的途径。

伊尔莎的人身安全是个紧迫的问题。要避免不快的后果，该问题就迫在眉睫。《卡萨布兰卡》里处处都潜伏着危机，里克对此心知肚明。

乍看之下，这些目标和动机似乎毫无联系，而我之前说过，多重目标之间应该相互交织。那这是怎么回事呢？要知道，里克为第三个目标（把伊尔莎送出卡萨布兰卡）所做的决定会危及他的事业。该因素将三个目标联结在了一起。他深知伊尔莎面临的危险（这是送伊尔莎上飞机的动机），该因素强化了他对别人的同情心和责任感，让他坚定决心将酒吧经营下去。这样一来，我们又回到了第一个目标。

动机之间相互影响，目标之间也相互影响。对于多重目标间的相互关系，不论你是粗略概括还是详细阐述，都会产生物超所值的效果。写出来的书会更为错综复杂，读起来更能满足读者胃口。

从内部来说，里克还面临着同样的困境，要平衡他的多重目标。正如前面讲到的外部因素，内部目标最终越来越重要，排到了其他目标之前。

为什么里克想要重燃在巴黎失去的爱火？
因为伊尔莎给他留下的痛一直没有消减。
因为他虽然尽全力去遗忘，但心里还是爱着伊尔莎。

为什么里克想为世界做点儿正事？
因为他亲眼看到战争对人们的影响。
因为他最为在乎的人正受到战争的迫害，他无法坐视不理。

里克是个极其复杂的人物，内心充满矛盾，陷在自己设定的条条框框里。看他重塑自我，也或许是重审道德准则，简直太有意思了。不仅是里克成长了，伊尔莎在奋力追寻目标后也成长了。

为什么伊尔莎想把丈夫送离卡萨布兰卡?

因为她丈夫进行反法西斯活动,又从集中营逃出,在欧洲被德军通缉。

因为只要她丈夫的人身安全能保证,她就能放心地跟里克在一起,她还爱着里克。

你也看到了,伊尔莎有一个目标——把丈夫送出卡萨布兰卡。但她的动机却有两个,而且都能站得住脚。不过,上面列出来的第二个动机更值得关注。该动机让她跟里克产生矛盾。她想要丈夫离开,这样就能留下来陪里克。但里克想要她跟她丈夫一起安全离开。

对比他们的外部GMC,你就会发现矛盾的发展脉络。可以说伊尔莎和里克既是盟友又是敌人。不论是爱情小说还是战友小说,这都是绝佳的组合。

《卡萨布兰卡》人物对比	里克外部因素	伊尔莎外部因素
目标	1.维持酒吧经营 2.惩罚伊尔莎 3.送伊尔莎和维克多上飞机	把丈夫送上飞机
动机	1.缺钱,他人所需 2.伊尔莎在巴黎的离去让他伤心 3.保证伊尔莎的安全	1.丈夫身处险境 2.安全送走丈夫,就能跟里克在一起
矛盾		

伊尔莎——内部剖析

伊尔莎是个经历过风浪的角色,她内部目标和动机的组合与其经历相符。她丈夫遭受通缉,而身上背负着战争与婚姻的双重责任,给伊尔莎的角色添了几分精彩。

伊尔莎想跟里克幸福地在一起,想要自己的归宿。

因为她厌倦了跟着丈夫满世界漂泊,一直身处险境,永远不知道丈夫出去开会还能不能回来。

因为她明白自己嫁给维克多并不是出于爱情。她嫁给他是出于尊重,而尊重无法维持感情。

因为爱情与尊重的差别就在眼前,她骗不过自己。她知道,跟里克在巴黎的日子是爱情。

外部的GMC非常直观,相比之下,伊尔莎的内部GMC相当复杂,而且情绪丰满。她是个有夫之妇,心里却爱着别的男人。战争期间,违背婚姻誓言可是大事。不论是对于作者还是对于人物本身,伊尔莎的内心挣扎让她的内部世界得到了拓展。

化腐朽为神奇

如果你能紧扣读者内心,让读者对故事人物产生感情,你就能化无为有。这需要动机。人物的表现可能会令人反感,但如果动机的说服力够强,我们就会包容。

我曾写过一本书,书中的女主角是个职业杀手。她收人钱财,取人性命。第一次杀人的时候,她才12岁。谈不上很有英雄气概。救赎的关键是动机。(《坏到骨子里》,班坦图书公司出版/ *Bad To The Bone*, Bantam Loveswept)

你可以主导所有事情——角色塑造、人物设定、情节安排。只要有动机驱使,你就拥有绝对的创作自由。

小结

动机是小说的基础。最初的小说基础可能像流沙一样,但有了动机,它就会坚如磐石。

要点回顾:

1. 动机驱使人物行为。
2. 首次写书的作者应该设定简单有力且具有针对性的目标。
3. 说服力强的动机有助于读者打消疑虑,沉浸到你的小说世界当中。
4. 动机总是用含有"因为"一词的句子来表达。
5. 紧迫性对于动机和目标来说都很重要。
6. 人物的一切行为和抉择都应该蕴含着动机。
7. 动机越有说服力越好。

8. GMC表格能帮助你理清人物目标与动机间的相互关系。

9. 目标与动机应该跟人物本身及其背景相匹配。

10. 内部动机应该催生人物情感,或是与显著的情感问题相关联。

11. 只要作者能合理设定,GMC就没有对错可言。

12. 修正小说的发展脉络,既可以修改人物的GMC要素,也可以修改人物的背景故事。

13. 别把巧合跟动机混淆了。

14. 人物的抉择将读者带入小说。

15. 多研究一下GMC的内部因素,我们就能理解"病态主角"。GMC的内部因素是情感创伤的绝佳阐释。

16. 多重目标协同作用,保证人物坚持下去。

17. 人物间可以既是盟友又是敌人。

第四章

矛盾：注意！前方高能

人物，事件，原因，必要矛盾

到现在，我已经讲了人物、事件和原因，也就是人物、目标和动机。还剩下"必要矛盾"，也就是我们说的"矛盾"（conflict）。

矛盾是人物无法获得所求事物的原因。如果你的人物能获得其所求，那你就写不出书。矛盾是人物在追寻目标的途中必须面对的障碍和坎坷，是不可避免的因素。

矛盾是通俗小说不可或缺的要素。

你可以把它当作是通向成功的船票。如果你能运用好矛盾，读者就会争相购买你的书，对你的书爱不释手，迟迟不愿入睡。你会让大批编辑眼前一亮。

矛盾的简单定义

1. 矛盾是对某人或某事的阻碍因素，产生的后果无法预知。
2. 矛盾是好人遇见的糟心事。
3. 矛盾是坏人遇见的糟心事。
4. 矛盾是摩擦，是冲突，是对立面。
5. 矛盾是两条狗争夺一根骨头。

第四章

很多矛盾都必不可少，而非可有可无

我得提醒你……如果你感到写出的矛盾很别扭，抑或是难以塑造人物生活，就要考虑另起一条线。通俗小说需要斗争，需要冲突，需要纠纷，需要对立面。如果你跳过了这些因素，你就无法留住读者。即便是以美好结局为特色的言情小说，也需要足够的矛盾，让读者对美好结局的存在产生怀疑。

小技巧

若人物从未经历困境……
若人物从未面临危险……
若人物从未苦苦挣扎……
那你的书必定无聊透顶。

相对来说，若是一想到设定的矛盾和困境，你就会喜不自胜，赶紧冲向电脑，那你绝对是写对路了。如果你喜欢设定矛盾，你的人物可能有所缺陷，会遇到些麻烦。那是好事。原因如下：

生活完满的人很无趣，而且……额……老实说，这种人很讨人厌。

假如有部小说,女主赢得大奖,吃点蔬菜就减掉了47磅体重,出演电影主角,与联合主演结了婚,赢得了奥斯卡,过上了幸福快乐的日子,这样的小说有多少人会看?我敢说,没几个人想看。这些年我接触过的编辑里,肯定也没谁会对这种"青云直上"的情节感兴趣。即便是某个编辑看中,等出版社市场部看到该书后,出版量也就定格在一两百册了。

还记得《宝林历险记》(*The Perils of Pauline*)吗?自从该系列电影上映后,直到现在观众品味也并未改变。现在的观众仍然想看到宝林(Pauline 或 Paul)被困铁轨上。我们想看到火车驶来,想感受到一丝优越感,因为我们的处境还没电影中那么差,也不必寻求出路。我们喜欢看到人物经受考验,希望他们最终挣得回报,就如我们在现实生活中要挣得回报一样。

想出版通俗小说的作者都得好好运用矛盾。矛盾意味着冲突,冲突是读者的期待,是推动他们阅读下去的理由。读者最开心的时刻就是看到火车,径直驶向可怜的宝林。

必须明确定义矛盾

对于矛盾,我要再提个醒儿,务必牢牢把握住矛盾。要清楚你所写人物的主要障碍是什么,要明确定义当中的矛盾。要不然,读者可能会觉得被矛盾搞晕了,分不清主要问题和次要问题。不讲清矛盾,或是给人物设定了"五花八门"的矛盾，读者会摸不着头脑。

比方说有本历史传奇，男主人公杀了女主人公的父亲。女主人公拥有土地，而男主人公需要这土地来经营牧场。女主人公曾沦为妓女，而男主人公特别看不起妓女。男主人公有家银行，银行有女主人公农场的抵押。男主人公的弟弟跟女主人公有婚约。女主人公惧怕男人，因为她父亲有虐待行为。男主人公其实有一部分的美洲原住民血统，他知道，体面的女人都不会喜欢他。女主人公梦想开一家孤儿院，收养流浪儿童，但男主人公因为担心自己的暴力倾向，曾立誓不要孩子。

明白了吧？男女主人公之间有太多的矛盾了，读者可能会感觉晕头转向。

说到"五花八门"的矛盾，还有个例子是惊悚片。惊悚片可谓一波未平一波又起。观众以为主角赢了，却发现只是昙花一现。如此反反复复，没完没了。创作惊悚片，必须要把握好故事线。设定多少矛盾比较合适？主角赢得胜利之前，需要打败对手多少次？我们都看过那种让人觉得没完没了的电影。等到男主角杀死或抓住坏人的时候，我们已经不在乎了。

即便是言情喜剧这类轻快的书，也要有定义清晰的矛盾。当然，你不会把沉重的情感矛盾运用到轻快的书当中，但你还是能在情感方面创造较大的矛盾，让男女主角很难走到一起。你可以试着把情感矛盾的影响降低一个层次。

沉重型：女主惧怕急脾气的大龄男性，因为她曾遭受父亲和丈夫的虐待。

轻快型：女主惧怕急脾气的大龄男性，因为她姐姐曾遭受丈夫虐待。

沉重型：男主是领养的，希望多生几个孩子，但女主却无法生育。

轻快型：男主是领养的，希望多生几个孩子。但女主亲手抚养了五个弟弟，只想从养孩子的负担中解放出来。

矛盾不清晰还可能导致节奏混乱或缓慢。你一个场景一个场景写下去，却迟迟未触及真正的矛盾所在，没讲明白人物的确切问题。你会错过为故事情节发展埋伏笔的机会，错失把故事推向高潮的机会。

反之，洞悉矛盾能让你专注，帮你剔除不必要的场景，不为之浪费笔墨。在人物经历挫折或是小有成果时，洞悉矛盾能让你更清晰地表达人物情绪。此外，它还能帮你创造出紧张的场景，因为你清楚人物处于危难关头的时机，你完全了解人物的感觉，知道他对于你设定的障碍会作何反应。

创作具有多重任务和多重立场的复杂小说时，该建议同样有用。你要知道每一个角色自身的GMC。写的时候，脑子里要有对人物矛盾的适当规划。某一个人物的成功可能会阻碍另一个人物的发展。

要让人物间的GMC相互碰撞，并且最终他们走的路或寻求的目标必须要有交叉。否则你就是在一份手稿里写多本独立的书。

再谈《绿野仙踪》

桃乐茜的外部矛盾很简单——对抗坏女巫。在整个去往翡翠城的途中,她都必须与坏女巫斗争。她必须打败坏女巫,拿到扫帚——那是让魔法师送她回家的代价。坏女巫对扫帚丝毫不肯放手。此外,坏女巫还要桃乐茜脚上的红宝石鞋。

在《绿野仙踪》里,有个人物(坏女巫)挡在了桃乐茜的前面,这是桃乐茜实现目标的矛盾。书的主要矛盾几乎可以是任何事物,但反派可以说是清晰完美的矛盾之选。《绿野仙踪》里的坏女巫是反派,是桃乐茜回堪萨斯必须战胜的矛盾。

这个反派是物质性的实体……是阻碍桃乐茜外部目标的事物,因而是外部矛盾。坏女巫是我们看得见、摸得着、听得到的人物。我们甚至能闻到她的飞猴魔宠的气息,还有那蕴含着魔法的硫黄味。五感皆备,归类一目了然。坏女巫是外部人物,是一个典型的外部矛盾。

桃乐茜	外部	内部
目标	回家 1.到翡翠城 2.见魔法师 3.找到女巫的扫帚	找寻内心的向往,到一个没有烦恼的地方
动机	婶婶埃姆危在旦夕 1.魔法师在翡翠城 2.魔法师能送她回家 3.送她回家的代价是女巫的扫帚	1.她不开心 2.她到哪儿都会有烦恼
矛盾	1.坏女巫 2.热气球没等桃乐茜就离开了	

没错,你也可以设定多重矛盾

你会发现,桃乐茜的GMC表中有多重矛盾,坏女巫并不是她唯一的难题。最后她还面临着一个矛盾,一个让她喘不过气来的矛盾。虽然电影的大部分时间里,观众都只看到一个简单清晰的矛盾,但是最后这个矛盾——热气球——是个很重要的部分。它不是隶属于女巫矛盾的次要矛盾,也并非强行乱入,不是只为增加电影时长或增添反转效果,它是个真实的矛盾。

不过,现在我们先讲女巫的问题,这是桃乐茜的主要矛盾。热气球的问题之后会讲到。

第四章

矛盾的用意

《绿野仙踪》里,两种人物一直在做思想斗争。矛盾会考验人物。经受了考验的人物通常都会有所成长,不然还有何意义呢?

德怀特·斯温提出过无数指导意义极大的写作技巧,他说,正是懦夫成就英雄。矛盾让人物深入挖掘自身潜力,奋起直面挑战,获得成长,成就自我。美国人喜欢弱势的一方。

《侏罗纪公园》(Jurassic Park)的观众都支持人类,而非支持恐龙。电影《独立日》(Independence Day)中,外星人无疑是处于上风的。但是,剧中人物坚持战斗,最后成为英雄——哪怕是嗜酒的农用飞机飞行员。电影《猎杀红色十月》(The Hunt For Red October)当中,亚历克·鲍德温饰演的角色必须要克服对飞行的恐惧,才能实现目标。他必须置身于困境。

怯懦和勇敢是一对很好的矛盾。

这句话还蕴含着一个意思,有缺陷的主角人物是最受欢迎的。因为真正的勇敢是直面恐惧,即便知道失败的概率很大,也要勇敢尝试。

内部矛盾信手拈来

矛盾并不局限于外部层面。有时,实现目标最大的矛盾恰恰是人物自身的情感缺陷。内部矛盾阻碍着人物成长,是一种情感矛盾。

目标、动机和矛盾都是大小不一、种类繁多的。跟现实生活一样,你笔下的人物可能有一个外人知道的目标,私下还藏有一个只有自己知道的情感性目标。他可能有个明显的动机,还有个他自己都没有意识到的动机。人物的生活可能就是自我发现的过程。他可能既要与别人抗争,又要与自己抗争。

有内部和外部GMC的人物更为多样化,让你的书更有广度和深度。内部GMC和外部GMC结合在一起,你设计的情境会更有意味。

揭秘桃乐茜

终于可以完成桃乐茜的GMC表格了。她的内部矛盾是什么?是什么阻碍着她成长?是什么阻碍着她追寻内心的向往?

她并不知道自己想要什么。

如果她不知道自己想要什么,完全不清楚到底要什么才能让她快乐,那她又到哪儿去找一个没有烦恼的地方,一个让她快乐的地方？她找不到。因此，她的这种不确定性就成了她实现目标的矛盾。

别忘了，桃乐茜才十六岁，我们要考虑她GMC的合理性。青少年不可能一下子就找到生活的意义。即便有所打算，这也不是他们真正想要的。他们要的东西截然不同。

看一下完整的桃乐茜GMC表。要特别注意，看表中因素是如何共同发生作用的。（当然，我并没忘记热气球的问题。马上就说到了，别着急，第七章里会有讲述。）

桃乐茜	外部	内部
目标	回家 1.到翡翠城 2.见魔法师 3.找到女巫的扫帚	找寻内心的向往，到一个没有烦恼的地方
动机	婶婶埃姆危在旦夕 1.魔法师在翡翠城 2.魔法师能送她回家 3.送她回家的代价是女巫的扫帚	1.她不开心 2.她到哪儿都会有烦恼
矛盾	1.坏女巫 2.热气球没等桃乐茜就离开了	她不知道自己想要什么

坏女巫、窃贼及其他各种反派

书的重点在于矛盾。对很多作家而言，这话应该这样说："书的重点在于你塑造的反派。"

谁会不记得《沉默的羔羊》（*Silence Of the Lambs*）中的第二大反派？汉尼拔·莱克特（Hannibal Lector）是个一般的反派，但他给人的印象深刻，因为他是主人公的劲敌。汉尼拔有个打算，谁要是挡他的道，他就把谁吃掉（实际意义上的吃掉）。年轻的FBI女特工迫使自己直面恐惧，把个人经历给汉尼拔分析，此时，我们对她也越发敬佩。

《绿野仙踪》里的坏女巫也是个劲敌，因为她也有自己的打算——她个人的GMC。电影并未直接表明她内部的一面，因而我在下面的表中做了一点延伸。

坏女巫	外部	内部
目标	拿到红宝石鞋	获得尊重
动机	红宝石鞋能让她成为奥兹最强大的女巫	她时常感到自己地位不如她姐姐，比不上其他的女巫
矛盾	桃乐茜不交出红宝石鞋（北方女巫格伦达告诉桃乐茜，不要脱下红宝石鞋）	尊重是偷不来的，要靠争取

电影的故事线由桃乐茜的GMC推动，同样也由女巫的GMC推动。电影的矛盾是女巫争夺那双红宝石鞋。要拿到红宝石鞋，就要算计桃乐茜，让她交出鞋，或是把桃乐茜杀死，不让她有机会带着鞋离开奥兹王国。

关于矛盾和运用矛盾的最后一个提醒

矛盾不能像突然到访的客人一样，突然出现在书中。作者要为矛盾埋下伏笔，设定有说服力的目标，给人物设定动机，运用矛盾创造出必然的困境或高潮。否则，你的书就成了单调冗长的场景重复。

矛盾还要升级。

把模糊的迹象写清楚，引入的障碍要一个比一个大。引入一些线索和不确定因素，组合到一起的时候引发灾难性后果。你的故事最终走向高潮时，读者会点点头说道："是吧，如果有人问我，200页前我就能告诉他们后果。我知道有不好的事情要发生。"

读者喜欢看到火车撞向主角。

你肯定不希望写出的东西都在读者意料之中。我想说的是，读者喜欢期待，他们喜欢猜测故事走向。凶杀谜案小说读者喜欢纸上谈兵，揣测情节。言情小说读者喜欢看追求过程，看性的吸引。奇幻小说读者喜欢猜测魔法师接下来要从帽子里变出哪只兔子。保持读者兴趣的关键，是要把他带入你的小说世界当中。如果他被带入了，就会替书中人物担忧。

矛盾可以催生出这种担忧。读者知道有不好的事情发生，但他不一定知道最终的发生时间、地点、相关人物或发生方式。但无论如何，都要让读者的心中有些躁动，让他们大吃一惊。

步步为营

如果你看了《绿野仙踪》,那就有了运用矛盾的绝佳案例。我们来简单看一下,女巫的矛盾是如何建立的,又是如何一步步扩大升级的。要注意矛盾的变化,从模糊变得具体,从空谈变为实际。

1. 在矮人国时,女巫就当众警告过桃乐茜。创作者还能把桃乐茜将要面临的困难表现得更直接些吗?不能。女巫的警告含混其词,恰恰是告诉观众,她极其想要得到红宝石鞋。我们都心知肚明,女巫要制造麻烦。

2. 接着我们就看到,女巫藏在苹果园里的树后面。她的行为鬼鬼祟祟,也是在告诉我们,女巫是个卑鄙的反派。没有什么双方正大光明的面对面决斗,绝对没有。女巫为得到红宝石鞋,会用尽一切损招。

3. 然后她对稻草人放了火。没错!要说具体矛盾,这个就再具体不过了。从女巫对稻草人放火来看,她为得到红宝石鞋会采取何种手段,我们已经非常清楚了。在此之前,我们还心存侥幸,现在侥幸荡然无存。女巫不光是卑鄙,她简直就是要人命。

4. 她在罂粟地迷倒了桃乐茜一行人,该场景告诉我们,女巫的法力绝非我们此前看到的那样小打小闹,她能操控环境,法力非常强大。我们对女巫能力的估计又上了一层台阶,希望开始变得渺茫。在我们的矛盾感知领域,小小的红色警灯开始闪烁。

5.为完全确保我们都看清故事中的反派,创作者还呈现了女巫那陡峭的城堡要塞,放出女巫手下粗鄙的飞猴。对于在电影前期并未留心的观众来说,这是一种突击测试,坏女巫是不是个地道的反派?是的。看看她的住所和手下就明白了。

6.魔法师要求用女巫的扫帚作为送桃乐茜回家的价码时,我们都吸了一口凉气。我真看到有的小孩就在电视荧幕前喊出声:"不是吧。"因为他们知道,这简直是个不可能完成的任务。他们看到了女巫的能耐,桃乐茜将自投罗网。大人对此更是确信不疑。我们都看到了女巫的城堡要塞,见识了那些粗鄙的飞猴。

结局

故事一直在把矛盾引到决定性时刻,即桃乐茜必须选择直面女巫的时刻。这是我们预料当中的一种灾难,若是动机不强的人物,此刻就选择逃避了。

但是桃乐茜不能逃避,她*必须*要拿到扫帚,她必须要回到家中。婶婶埃姆病了,需要她在身边。

GMC是牵一发而动全身的,一个因素会引出并支撑另一个因素,所有的因素环环相扣。精心设定的GMC就是一件艺术品。每一部分——目标、动机和矛盾——都是不可缺少的。

要打好基础。在读者的脑海中埋下伏笔,让他们产生疑虑,让他们去预料,然后按部就班地引出矛盾。有的作者信手拈来，有的需要精心策划，还有的是写到一定程度再回头修改。不论你是怎么创作的，都要专注在引出矛盾上。

新手常犯的错误

并非所有新手作者都会在矛盾上犯错，但这些年做比赛评委，批改我任教班级的作业，我发现了大家常犯的错误。

争吵不等于矛盾。争吵非但不是真正的矛盾，还会让很多读者厌烦。跟所有的法则一样，此处也存在例外。有少数作家正是因为能言善辩的能力而出名。不过，能言善辩跟争吵有着天壤之别。争吵是为小事争论不休。

看看你设定的情境，用上述定义来评判一下笔下人物的口头分歧。他们的争吵是单纯的口角，还是说确实存在某个问题？他们通过争论会解决该问题吗？各章节中，他们争论的问题实质上是不是没有变化，只不过接着之前的内容继续争吵？如果你写的是言情小说、浪漫悬疑或爱情喜剧，就要尤其注意，千万别把争吵当作真正的矛盾。偶有"拌嘴"的人物很容易就染上了争吵的癖性，什么题材都是如此。

争吵算不得真正的矛盾，还有个原因是争吵从不超出言语的范畴。言语是模糊的，你要把矛盾由模糊变为具体，要构建出不可避免的危机。争吵是无法产生上述效果的。

如果你写的恐怖小说里，反派只是对主人公恶语相向，

第四章

使些卑鄙手段,那写出的书就没什么滋味。

  误解和矛盾绝不能混淆。倘若你的人物万事缠身却还能坐下来澄清某些误解,那就谈不上矛盾。假如男主角能解释清枪上为何有他的指纹,那不构成矛盾。假如女主角能跟男朋友解释清为什么跟陌生男子一起待了一晚,那也不构成矛盾。大部分人都喜欢给自己的行为找借口,喜欢澄清身上的误解。

  问问自己,是不是要写一本以事件误解或曲解为基础的书。如果是,再问问自己,有理性的成年人能否澄清事实?"为什么不相信我啊,贝蒂!我没骗你!跟我坐在餐厅吃饭的是我妹妹。这是她高中那年的照片。"设计悬念时,千万别等读者都要放弃主人公了,才最终坦白他的婚外恋情和托词。

  误解可以作为简单微小的矛盾,但当你要把简单的误解拓展进故事的中心矛盾时,读者会觉得不耐烦。即便作为微小的矛盾,都要好好衡量,从故事整体的角度来评估它的作用。

  现在说相反的一面:误解也能发挥作用。误解用来架构滑稽喜剧最为得当。此类喜剧中,读者期望看到一连串引发混乱的事件。误解一个比一个深,矛盾也随之升级。说了一个善意的谎言后,就会有第二个、第三个。

  不知不觉中,剧中人物就陷入了谎言的无底洞。要注意,误解不止一个,所引发的后果会越来越严重。

  对读者而言,他们是在期待,期待那谎言构成的纸牌屋什么时候会坍塌？他们猜想人物会在哪儿栽跟头。处处都是陷阱。真相大白时会是什么样的结果？

不管你写的是喜剧还是恐怖小说，允许描写误解的唯一正当理由是动机。写小说时，只要你给人物设定好动机，你就能主导所有事情。如果你有过硬而又紧迫的理由来放任误解发展，那你的情节设定就可以成立。

矛盾举例

之前说到卢克·天行者时，他正出发前去帮欧比旺（Obi-Wan）拿到死星蓝图以发动起义，同时学习掌握原力。（他还怀有一个不为人知的任务，就是拯救公主。）他面临的困难是什么？是达斯·维德（Darth Vader）。但达斯·维德可不是个简单的反派，他还代表着"银河帝国"的力量，掌握着舰队。他是位训练有素的绝地武士——即便他已经"投身"到原力的黑暗面。达斯·维德拥有所有卢克没有的特性：力量强大且经验老到。

他与卢克之间的差异使他成了卢克的劲敌，并以个人的方式影响着卢克。

卢克面对的小矛盾：

1. 他在自己的星球上没有交通工具。
2. 帝国在整个宇宙中搜寻他的机器人。

3. 公主在死星的确切位置还不知道。
4. 卢克的后援（汉·索罗，Han Solo）靠不住。
5. 欧比旺在卢克训练完成前就被杀害了。

莱娅公主（Princess Leia）也有自己的GMC。她想把死星蓝图送到义军基地，救义军于水火，因为她爱的人和朋友都在那儿。她想把这邪恶的帝国推翻，因为帝国施行压迫政策。这些是她的目标和动机。阻碍她实现目标的是什么呢？

达斯·维德同样是她的一个主要矛盾。她自己遭受囚禁。维德知晓义军基地的隐藏位置，他有能力摧毁义军基地所在的整个星球。

卢克和莱娅有共同的矛盾，因而成了盟友。他们还有个共同的目标——卢克救出莱娅后，两人起誓要帮助义军。汉·索罗算不上盟友，他更像是雇佣来的。他蹚这趟"浑水"是为了钱，因为他要还债，不然债主会杀了他。他的矛盾就是此项任务。如果出了什么问题（确实出了问题），如果公主不幸牺牲，如果他不能带领他们逃出死星，如果他无法逃脱帝国巡洋舰的追杀……那他就只能跟他的钱说再见了。

《星球大战》是个含有多重主角人物的案例，每一个人物都有各自的GMC。它明显是在讲卢克的故事，但其他的人物角色都有完整的GMC。电影过程中，两个男主角都有成长和改变。

《亡命天涯》中也有多重人物角色可供探讨。金波一时找不出杀害妻子的真凶，因为他被认为是重刑犯，是个被通缉的逃犯，无法正常寻找证据。杰拉德警长抓不到金波，因为金波占有先机。杰拉德一开始就慢人一步，而且金波头脑灵活，不容小觑。金波跟杰拉德追捕的其他一般逃犯可不一样。这一点在电影中表现得很微妙。杰拉德追踪抓捕其他逃犯就非常迅速。

对《卡萨布兰卡》中的伊尔莎·伦德拉斯洛来说，送丈夫离开的矛盾是他们没有通行证。法国地方官员给她们颁发通行证，本来有个人能拿到偷来的通行证，但那人被杀了。没有通行证就走不了。

伊尔莎和维克多想要离开卡萨布兰卡，因为维克多因参加反法西斯运动遭到通缉，但是他们拿不到通行证。

"因为"一词引出的话是动机，而"但是"一词引出的则是矛盾。

内部矛盾举例

里克·布莱恩想要重新找回在巴黎时有过的爱情，但是他办不到，因为他的心爱之人已是有夫之妇，不容他再介入。他还想为这个世界做点正事，就是把伊尔莎送走，去支持她那具有重要地位的英雄丈夫。但伊尔莎恳求留下来，这动摇了里克的决心。

第四章

内部矛盾往往会给外部矛盾加入些潜台词,增添几分深意。《卡萨布兰卡》可看作是内部GMC充实外部GMC的案例。里克的外部目标之一是把伊尔莎送上飞机。可是这个目标淡化了,因为里克既要保证伊尔莎的人身安全,又想拥有自己的幸福,还要考虑伊尔莎的幸福。

这是物质与情感的对抗,里克在与自己做斗争。他在对抗他人的情感,也在对抗自己的情感。

两条狗,一根骨头——外在矛盾与内在矛盾的案例

曾有人把矛盾定义为一句话:两条狗争一根骨头。一般认为,此话出自德怀特·斯温之口。下面的案例正是受此话启发。帕特丽夏·吉莉安(Patricia Keelyn)是我一位作家朋友,我们两人决定用之前工作坊里的方式对这个理论进行检验。我们能否以两条狗争一根骨头为基础建立起确切的内部和外部矛盾?

角色介绍:

菲多(Fido)——德国牧羊犬,身上乱糟糟的,两天没吃东西了。满身污垢,很邋遢,看起来像是跟很多狗打过架,输赢各半。它已经饥不择食,到处寻找吃的。

菲菲(Fifi)——法国贵宾犬,前选美皇后。遭心爱的

狗抛弃后，日子过得很艰难。曾经那干净整洁的白色体毛现在已经成了褐色，脏兮兮的，乱成一团。精心修剪的爪子也已经残破不堪。它对自己有些绝望，此刻也正在外面寻找吃的。

一群小狗——总共六只，站在一旁——看起来都像是法国贵宾和大丹犬的杂交。每一只都饥肠辘辘。

我们丢一根骨头在菲菲和菲多中间。它们都想要骨头，都饿得不行了。彼此都想设法得到这珍贵的一小块食物。菲菲此前从未因食物争斗过，尽管它有充分的动机，它还是败给了菲多。菲多叼起骨头，准备带着战利品转身离开，正在此时，六只小狗可怜地哭了。

哦，不能这样！菲多的良心在呼喊：只有麻木不仁的罗威纳犬混球儿才会跟饥饿的小狗抢食。你的妈妈是有良知的，没把你养成罗威纳犬。

你已经看到了外部和内部双重矛盾

为了生存，菲菲和菲多都想要那根骨头，它们相互争抢，那属于外部。这是场物质层面的争夺，菲多赢了。然而，菲多跟菲菲争夺赢得了骨头后，它却犹豫了。现在，它为了那根骨头，必须与自己内心的道德准则做斗争。这属于内部。

矛盾创造出胜负各一方，除非双方找到折中妥协的方式。言情小说尤其需要利用折中妥协。要不然哪来的幸福美满大结局。

妥协源自内部因素，因而内部的GMC相当重要。

还在想菲多的抉择吗……没错，菲多确实放弃了骨头。

小结

读者希望书中人物挣得回报。矛盾要实在，要精心设计，确保取得回报不是件容易的事。

1. 矛盾是人物在追寻目标的途中必须面对的障碍和坎坷。
2. 要清楚你所写人物的主要障碍是什么，要明确定义当中的矛盾。
3. 不讲清矛盾，或是给人物设定了"五花八门"的矛盾，读者会摸不着头脑。
4. 确保多个人物的GMC相互交织。交织创造出矛盾。
5. 书的主要矛盾几乎可以是任何事物，但反派可谓是清晰完美的矛盾之选。
6. 人物可以有多个矛盾，就像他们有多个目标和动机一样。
7. 矛盾会考验人物。经受了考验的人物通常都会有所成长。
8. 内部矛盾是情感矛盾。
9. 有内部和外部GMC的人物更为多样化，让你的书更有广度和深度。

10.书的重点在于矛盾。

11.作者要为矛盾埋下伏笔,设定有说服力的目标,给人物设定动机,运用矛盾创造出不可避免的困境或高潮。

12.争吵不等于矛盾。

13.误解不等于矛盾。

14.在描述GMC的句子当中,"但是"一词后面的内容就是矛盾。桃乐茜想回到堪萨斯,因为婶婶埃姆病了。魔法师能送她回家,但是她去翡翠城见魔法师的路上必须要对抗女巫。

15.内部矛盾往往会给外部矛盾加入些潜台词,增添几分深意。

16.矛盾会分胜负,除非双方达成妥协。

第五章

矛盾聚焦
（兼谈其他强化矛盾的方式）

缺少焦点或焦点人物,矛盾就不能成立

我和帕特丽夏·吉莉安经常讨论写作技巧,尤其是一同出席会议时。有一次会议就是讲矛盾的,由于"互动"是当今社会的热词,因而我们认为该工作坊也应该注重互动。

首先,为让观众体会到矛盾,我们从观众席挑选了五个人来接花束。我跟帕特丽夏都是经验丰富的作家,知道动机的重要性。我们设定,接到花束的人能直接获得十美元的奖金。(这也能确保有人志愿参与活动,我们无须恳求观众参加。)

我们扔出花束,有位作者奋力抢到了。

矛盾立马就显示出来了。

很简单,对吧?要创造出有效的矛盾,你只需要设定出两个或多个人物相互对抗的场景。那也就是我刚刚用了二十页来告诉你的东西,对吧?参加工作坊的人也这么看。

不是这样的。

嗯,只能算说对了一半。

这确实是矛盾,肯定是往正确的方向迈出了一步。五个人都想拿到那十美元,能拿到的只有一个人。但该矛盾仅仅是由外部力量创造的。对于那五个从观众席出来走到台上的人,我们一无所知。

在场的观众不会在乎"谁"拿到了花束。为什么没人在乎呢?因为观众并不了解台上的参与者——接花束的人。十

美元确实不算少了,但我们不禁要问,那五个参与者都在乎这个钱吗?

矛盾需要有个焦点。矛盾是关于人物的,情感因素相当重要,动机尤为关键。假如矛盾中的人物不太在乎结果,那世上所有的矛盾都没有意义了。如果你写的人物都不在乎,那读者也不会在乎。

人物背景显奇效

现在,我要跟你讲点儿实在的,也就是我为何会注意当天是谁获得了那十美元。工作坊结束后,有位女士来找我在她的帆布书包上签名,书包是会议的书展上售卖的。我签名的时候,她告诉我,拿到那十美元她觉得很欣慰。她说在这样的会议上拿到钱真的很不容易。她囊中已经十分羞涩,工作坊开始前,她还把饭钱花了买了那个帆布书包,更是没钱了。

书包是给一位患绝症在家的朋友买的礼物。她想在书包上签上所有她能接触到的出书作家名字,以此来鼓励那位朋友。我不知道你怎么看,但我突然间就非常关心谁赢得了那十美元。假如我们抛出花束的时候,我就已经知道她的故事,那我肯定会偏向她。

在矛盾的迷宫里,读者绝对要有一些指引。

于是,我们又回到之前的内容了——人物,"人物、事件、原因、必要矛盾"四要素中的人物。要让读者感觉像是在跟人物一起经历困境一样。视角不容忽视,视角不能放在场景之外,要放入场景内部。有没有听过一句老话:只有穿上他的鞋走个一英里,你才能了解这个人?要站到人物的立场上去,要把握好视角。

给读者设定一个他能感受到的人物,矛盾的效果就会翻倍。哪怕只是精心设计某个事件的环境因素,也能强化矛盾。

为进一步阐明,我们来创设一个场景。女主角要去学校接侄女放学,这是场景,是事件。再来看下面的两种剧情:

她侄女是个优等生;
或侄女正在校长办公室里,因为炸了科学实验室。

同样一件事——去学校接人——但哪一种剧情更有意思呢?哪个剧情会让你想继续看看接下来发生了什么?哪个剧情会让你在乎或者同情女主人公?

不用说,你肯定对第二种剧情更感兴趣,也就是她侄女炸了实验室。去学校接犯错的小孩,面对校长,这是一种常见的经历,每一位家长都会产生共鸣。哪怕读者还没有孩子,但他自己可能就曾是这样一个捣乱的小孩,因而对这场景也有感触。读者很容易把自己带入该情境,期待接下来发生的事情。

第五章

加大筹码

还是那件事——女主角要去接侄女,侄女炸了学校的实验室。不过,我们再给人物加点血肉。也就是说,我们给人物加点背景故事。跟接花束的女士一样,人物的背景故事能让矛盾的效果大不相同。

女主角上学时,也炸了同一间实验室。校长还是十年前的那位。

现在的场景就更充满张力了,因为事件有了焦点的引导。我们以女主的视角融入到了场景之中。可怜的女人!
精心构建人物是强化矛盾影响力的最佳技巧之一。

还有哪些技巧能用来强化矛盾呢?

背景设定

如果你写的是恐怖悬疑小说,就设定个阴森的背景。比方说西北部地区,常年阴雨。或者设定为新奥尔良,该地到处都是沼泽和坟场,还有藏着无数秘密的南方建筑。你当然可以把悬疑小说的背景设定在迪士尼,但漂亮的地方不会让读者产生惊悚的感觉,不至于害怕得挺直脊背或不时回头看看身后。如果你的背景设定与书的基调不相符,那就要花费更多的心血来创造故事张力。

试想一下,要在埃塞俄比亚的背景下写传奇喜剧,那该有多困难?不论你写的是当代传奇还是历史传奇,背景设定都很重要。历史传奇以当时的风俗为基础衍生出矛盾。大草原的女主角与英格兰皇室或苏格兰高地的女主角相比,矛盾肯定不同。

乍看之下,科幻小说与奇幻小说的背景设定似乎"简单些",因为所有内容都是作者自己来创造。但是,这些作者也面临着同样的挑战,背景设定必须与小说基调相匹配,不然就与小说基调形成鲜明对比。

不论是匹配还是对比,你都要知道,该因素影响着你的矛盾发展。

"离开水的鱼"

把人物放进陌生的环境里。就像印第安纳·琼斯(Indiana Jones,《夺宝奇兵》男主人公),有点儿年纪了,处境不算好,原是个本分的大学考古教授。他离开大学,离开博物馆,离开教学岗位,抛下他那一眼就看到头的生活,被丢入异域国度,开始冒险旅程。他迫于生存,得竭尽脑力,因为他就像一条离开水的鱼,熟悉的事物不复存在。

"离开水的鱼",故事中的矛盾立即得到了强化,因为读者明白被丢入陌生环境下的压力。他们知道失去社会或文化引导、没有资源可用是什么感受。或者说,他们能想象那是什么感受。

第五章

埋伏笔

这是我们在高中就学过的东西,但一转身就忘记了。把该写作工具从橱柜里拿出来吧,掸去上面的灰尘。印第安纳·琼斯的第一部《夺宝奇兵》(*Raiders of the Lost Ark*)中,伏笔技巧运用得炉火纯青。

电影开头,印第安纳·琼斯来到南美丛林的一处古墓。一位考古学对手抢走了他的考古物品,印第安人在追他,坏人在向他射击,他一路都要躲避弓箭,最后成功回到飞行员等待的地点,跳入水中上了飞机,总算安全离去。整个过程中他没有丝毫的畏惧或犹豫,简直是个坚不可摧、激情澎湃的英雄。印第安纳·琼斯是个真男人!不过当他看到驾驶舱的蛇时,就泄气了。

我们英勇无畏的印第安纳荡然无存,第一次表现出了惧怕。"啊,天啊,我讨厌蛇。"飞行员则十分冷漠,更显出印第安纳此时的怯弱。

表面上看,这一段就像是个玩笑,调节一下紧张的追逐氛围。但是,在电影的后面部分,印第安纳必须进到埃及墓穴中去取法柜。他们搬开大石板,用火把照亮墓穴,里面到处都是蛇,密密麻麻。

矛盾和故事张力一下子就强化了,因为我们知道,印第安纳讨厌蛇。他的反应在之前飞机上的那一幕就埋下了伏笔。于是我们就会猜测,他会不会亲自进到墓穴中去。我们能体会到他的挣扎。

简单的语法与写作技巧

如果你不知道如何向读者传递信息，那么即便是最为强烈的矛盾也会瓦解。语言就是你的工具。你必须知道如何构建句子来增强节奏感，必须了解写的故事类型以及最有效的写作技巧。

悬而未决的强烈矛盾时刻，需要用简短的句子来描述，以最快的速度表达出动作和意向。想想动作冒险类电影最后的激动场面，那些场面都是动态的，没有静态的水仙花或小狗崽。你会想加快节奏，直接把读者带入结局。

好好研究一下你的写作类型，了解其他作家如何运用写作风格技巧和语法，更有效地表达矛盾。

视角（立场）

要强化矛盾的影响，增强故事张力，最简单的方法就是运用视角。如果你在一幕场景中塑造了多个人物，要选择某一个人物的视角，那就选利益得失最大的那个人物——那个人得到或失去的最多。如果被抢的是银行柜员，我们肯定不想看外面园丁的视角。我们想看柜员或劫匪的视角，想看旁边休班警察的视角，这位警察刚好在旁边排队，当天出门还没带枪。对于警察来说，抢劫是一种常见的犯罪行为。那他会怎么做呢？

第五章

结局的不确定性

你可以通过书中正反力量的制衡来增强矛盾和张力。给主人公设定一个强劲的对手,但别把反派写得太坏,反派过于强大的话,主人公没法战胜。也别把反派写得太弱太傻,那样太容易打败了。

人物可能需要联合起来打败反派。很多奇幻小说里,若坏巫师相对于单个人物来说过于强大,就会采用人物联合的手法。多个人物联合到一起,整合他们的资源和信息。《绿野仙踪》里,桃乐茜需要动用一切所能获得的帮助,稻草人、锡皮人和胆小的狮子都帮助了她。

小结

矛盾就像是一个需要不断打理的花园。打理的工具就在你写作的工具包里。本部分提到的技巧只是几个可用工具的案例。

强化矛盾最有力的工具是塑造一个丰满的人物,作为故事的焦点。读者想要以他们认同的人物视角来感受整个故事。因此,在做"矛盾头脑风暴"时,要精心设计出有背景故事的人物。

第六章

GMC表格的进一步探讨

每一次开始写书，我都会用一张GMC表格。我在表格里填上不完整的句子——只是写下相关问题给自己看。不一定要写通顺的长句，建立GMC表，简单写出这样的内容就够了：

目标——回家
动机——婶婶病了
矛盾——女巫

不必浪费时间来做精致的表格和标题。如果你现在只想到外部因素，那就只写外部因素，之后再补充内部因素。但是把人物的GMC信息写到纸上，这个行为能提醒你，看你是在把读者往什么方向引导。通过这些简要的记录，你可以把自己的想法落实得更为全面，然后再给框架加上血肉。

不断探索你自己的GMC表格，别被这一具体形式束缚住了。这些年来，我给自己的GMC表格多加了几项内容。

主题句

到现在为止，本书列出的表格当中，我都省略了我所说的"主题句"。我一般把它放在GMC表的顶部，主题句代表人物的成长体会。

我们用桃乐茜的例子来具体讲述主题句，毕竟我们已经讨论过她的GMC了。她体会到的成长是什么呢？实际上，她学到了两件事，我猜你已经知道是哪两件了：

家是世上最好的地方。

如果你想找到心之所向,就必须向内心去探求。

桃乐茜	外部	内部
目标		
动机		
矛盾		

我们能顺利梳理出桃乐茜的主题句,是因为制片人把这两句话设计成了桃乐茜的台词。她受到启发并与观众分享了。电影剧作家设计各种因素并将其连接到一起,干净利落,确保观众都明白电影讲述的主题。我们觉得很好,对桃乐茜也放心了,因为我们知道,她已经获得了成长。

你所写的人物也要有所成长。作为读者,我需要知道,我关心的故事人物比以前更强大了。我需要知道,他们的努力付出没有白费。实现成长的人物会获得读者的尊重。

在《卡萨布兰卡》中,里克明白了,个人在世上可以有所作为;伊尔莎明白了,把天下安危放在个人幸福之上。伊尔莎所明白的,也是里克所学到的。我们尊重他们做出的牺牲。

主导印象

这是我从德怀特·斯温那里学来的技巧,他在讲述写作技巧方面是位大师。如果你还没有他的书,我真建议你赶紧去买一本《畅销书写作技巧》。在斯温的书中,你能找到成百上千个有用的概念,设定人物的主导印象只不过是其中的一个。

第六章

　　描述某个人物时，你首先想到的形象就是该人物的<mark>主导印象</mark>。我们用这样的方法来给熟悉的人物归类。斯温主张用形容词加上表职业的名词。我把他的主张拓展了一下，用形容词加描述性名词。我喜欢自由地定义我所写人物的特性，而非局限于一个职业头衔。因此，任何与我的人物印象相匹配的名词我都会用。

　　令人作呕的索赔怂恿律师（ambulance-chaser，怂恿事故受害者提出诉讼的律师）
　　易怒的护士
　　撩人的惹事精

　　更具体地说——
　　汉·索罗是个狂妄的走私犯。
　　莱娅公主是个王室的起义者。
　　理查德·金波是个无辜的逃犯。
　　警长杰拉德是个执着的追捕者。

　　要注意，主导印象并非是个物质性的描述。主导印象讲的是人物性格特征。它给我们一些提示，让我们知道人物在特定场景下会作何反应。比如说，看到流浪狗在医院走廊游荡，激进的护士和热心的护工会有截然不同的反应。一个会叫人来打狗，一个会把狗带回家。
　　要细心挑选你所写人物的形容词和描述性名词。具体描述是一种加分项。注意从一般形象到独特形象的发展演变：

一个自信的男人

一个自信的逃犯

一个狂妄的逃犯

一个狂妄的走私犯

主导印象隐含了人物的缺点和本事。想想走私犯有什么样的本事和人脉，他擅长的是藏匿和欺骗。最后那"狂妄的走私犯"形象就很具体，有着各种各样的可能性。

若比赛评委、文学批评小组或编辑说你的人物写得"出格"了，那你就要回到主导印象的问题上来。看看人物的反应，这些反应与你要传达的主导印象一致吗？你对人物的描述是否与主导印象相符？为何令人作呕的怂恿赔偿律师突然沉默了？

利用你能归纳出的主导印象，从根本上解决人物"出格"的问题。你甚至都可以改变人物的主导印象。关键是要让读者看到人物是如何改变的，让读者看到迫使或刺激人物改变的场景。我把主导印象与人物的名字结合在一起，放到GMC表格的名字一栏。你把描述主导印象的形容词和名词放在哪儿都行。下面你将看到一份空白的表格，表里既有主题句，又有主导印象。

家是世上最好的地方。

如果你想找到心之所向，就必须向内心去探求。

桃乐茜 不开心的少女	外部	内部
目标		
动机		
矛盾		

GMC是一份地图

把外部GMC看作是路线图。外部因素是你的书从A点到B点的路径，是一份情节纲要，是触发书中情节的事件。

把内部GMC看作是等高线图。内部因素主导你书中的情感起伏，帮你构建人物必须获得的成长体会。

当你把内外GMC结合在一起时，你就得到了一本"完整"的书。不仅故事情节有深度，人物本身也有深度，甚至书的主题也有了深度。

小结

主题句和主导印象能用来给GMC表格增彩。看待GMC表时，把它当作是路线图（对情节而言）和等高线图（对情感起伏而言）。

第七章

故事高潮需要GMC

第七章

一本书的高潮往往被叫作"黑暗时刻"（big black moment）或"危机时刻"。此时，人物意识到，一切都可能会化为乌有。这是最后时刻，决定着人物能否达成目标。还记得吧，目标可能在故事发展过程中发生改变。黑暗时刻处理的是最紧迫的目标。

人物解决矛盾的方式会对书中的一切产生最大限度的情感影响（对读者而言）。矛盾的解决就是读者苦苦等待的结局。不要欺骗读者，让他们跟随故事情节，或欢笑，或喘息，或哭泣。要把结局写得壮大，写得有意义。

让结局情感化。

你得让人物有所成长或有所牺牲，让其豁出去搏一把。尤其是在言情小说中，矛盾的解决方式必须是明晰的情感选择。

GMC正是塑造终极矛盾的有力工具。不论是何场景，要对读者产生影响，读者就必须知道其中的利害关系。从第一页开始，如果你明确人物的GMC，如果你花工夫来设计动机，增强人物目标的紧迫性……那你就不会出错，读者一定能明白书中的利害关系。

GMC是一份路线图，把你和读者往正确的方向引导。

<mark>外部矛盾揭示或引向黑暗时刻，但真正解决黑暗时刻的，是人物的内部GMC。</mark>一般来说，这就是人物的成长。当人物做出最后的抉择，当他学会成长，他就有了超越自我的力量。胆小者由此获得勇气。《卡萨布兰卡》里的里克·布莱恩由此能最终放下心中的痛苦，放下伊尔莎，把她送走，保证她的安全。

第七章

我们来梳理一下：你揭示外部矛盾，让人物成长，让人物变得强大，应对最终的难关。然后该人物解决了难题或脱离危险。

桃乐茜最艰难的时刻

我们来说说《绿野仙踪》里的黑暗时刻。可能有人会认为，女巫的城堡那一段是桃乐茜最黑暗的时刻。没错，当时的桃乐茜确实处于低谷，确实不占优势。但桃乐茜真正艰难的时刻，是阻碍她实现回家目标的最终矛盾，也就是热气球升空时却没带她走。

魔法师告诉过她，世上没有能送她回家的魔法，乘坐热气球是唯一途径。热气球开始上升时，我们的担忧也增长了。我们知道问题的严重性。

此时对于桃乐茜来说是如此艰难，因为热气球一升空，她就立马意识到了自己想要什么。还记得桃乐茜的内部矛盾吗？她不知道自己想要什么。正因如此，她肯定找不到内心所求或是让她快乐的地方。

热气球飞离的那一刻……她突然明白了自己想要什么。她要的是家和家人，而她此前拥有这一切，但被她抛弃了。因而，这一刻对桃乐茜来说十分绝望。她永远回不了家了，永远无法告诉婶婶和叔叔她爱他们了。

电影在这方面表现得淋漓尽致，因为创作者给了我们一份绝佳的GMC指导，我们理解了剧中人物。

解决办法

《绿野仙踪》是个奇幻故事。矛盾的解决办法要符合故事类型，就需要含有奇幻因素。然而，该故事的矛盾解决办法本身却是由桃乐茜的内部GMC激发的。

桃乐茜意识到自己的内心所求是家之后，就有了使用红宝石鞋的能力。在奥兹王国，要借助红宝石鞋的法力，就必须先明白你真正想要什么。你必须要对它真实，要发自内心地相信它，迫切地渴望它，从而相信魔法的力量。

好女巫让桃乐茜说出了她获得的成长。《绿野仙踪》的观众没有被欺骗，大家都看到了桃乐茜的成长。"家是世上最好的地方。家是世上最好的地方。"说出这话之后，桃乐茜就能碰一碰脚跟，然后回到家中了。

但我写的不是奇幻故事啊

当然了，如果你写的不是科幻或奇幻小说，你就不会写到红宝石鞋这样的事物。但该法则同样适用：揭示危机，让人物抉择。桃乐茜对内心所求的踌躇没有了，她做出了抉择。

讨论黑暗时刻和解决方法的话，用我自己的作品更为方便。所以，我接下来要说的是本浪漫悬疑小说——《坏到骨子里》，因为我完全了解该故事中女主角的GMC是如何推动故事高潮的。

第七章

女主人公是位退隐的职业杀手,她必须要重操旧业,保护一个小孩,同时也保护好自己以前的秘密经历,因为跟她合作的经纪人被绑架了。从内部来说,女主人公想要重回过去,改变过去。她还希望自己是值得被爱的。

她背负着无比沉重的内疚,但可能不是你想的那种内疚。虽然她为政府杀过人——杀的都是世上的败类,没杀过女人,没杀过孩子——但跟她个人的内疚相比,职业杀戮给她的内疚根本不算什么。小的时候,女主人公在一场劫难中幸存了下来,但她的双胞胎姐姐却失去了生命。多年以来,女主人公都被这种侥幸活下来的内疚折磨。两姐妹里,她才是那个坏小孩、惹事精。

这里的内部矛盾在于,没人能重回过去。她注定要永远在记忆中重演过去的那一幕,却无力改变。

她的目标是救出被绑架的人,保护好孩子。就在她快实现目标的时候,黑暗时刻到来了。风云突变,转眼间,胜利就与她擦肩而过。一个倒地的绑匪拿起枪,对准了女主人公和小孩的方向。肯定要有一个人死去。

女主人公必须做出抉择。她把小孩护住,挡住了那颗子弹。她无法改变过去,但是可以改变未来。实际上,在她心里,她就是在改变过去。这一次,坏妹妹死了。

就这样,我把一本6.3万字(英文单词)的书浓缩成了几个小段,或者说,至少是把故事梗概和一个人物的内部GMC进行了浓缩。别忘了,虽然该场景有很强的浪漫色彩,但它也是人物本身的黑暗时刻。

言情小说中，你还需要处理好情感的黑暗时刻。上述两种黑暗时刻可能同时出现，也可能单独出现，情感的黑暗时刻一般要先出现。不论是哪一种，要解决问题，人物都需要先获得成长。

《坏到骨子里》中，女主人公不可能既除掉了绑匪，挽救了危机，又与男主人公携手看夕阳西下。她觉得自己不值得被爱。女主角必须死去，然后才能获得新生。显然，她为小孩挡下子弹的那一刻，男主角也获得了成长。不过，那是另一套GMC的问题了。

书中每一个人物都有自己的路走，要应对外部情节中的困扰，处理内部的情感问题。如果你写了多个视角，那你就很难给读者满足感。所有的人物都应该在故事发展过程中有所成长和改变。

再谈菲菲和菲多

即便是狗，也应该有所成长。关于外部因素如何引发黑暗时刻，我在这里再举一个例子。还记得吧，之前我们说菲菲和菲多两条狗争夺一根骨头。菲多争赢了，转身离开时却犹豫了，它把骨头给了那几只小狗。

这个故事讲得很简单。你读的时候，不妨找一找目标、动机和矛盾。

菲菲是未婚妈妈，生下了六条小狗，她在前一段感情中

第七章

受尽虐待,还处于恢复期,她要想法养活孩子。此前,那条无耻的大丹犬发现她怀孕后,抛弃了她,因而她现在不相信公狗,尤其是那种黑色的。不过,此刻她显示出了非同寻常的"母性"。她现在刚生孩子,处境堪忧,她不相信公狗的决心也弱了一些,因为菲多虽然外表不好看,但是他为她的孩子们让出了骨头。菲菲让菲多留在了她的临时住所,住所在老沃尔登(Walden)的牲口棚里。

她甚至还把菲多刚刚给他们的骨头拿出来分享。此外,她告诉自己,菲多看上去很粗暴,能吓走晚上常出现在附近的丛林狼。虽然菲菲以前过着娇贵的生活,但她也不傻。她可以利用一切能利用的外在帮助。

菲多——故事主角,黑色带伤的"独行者"——他已经失去了自己的全部挚爱。他比谁都清楚,外面是个狗吃狗的世界。可怕的幼犬繁殖场对他而言如同监禁,逼迫他做了数百条小狗的父亲,从那儿逃离后,他一直在躲避抓狗人的追捕。养小孩已经让他受不了,他不能再负担别的家庭了,不论情感层面还是经济层面。他好不容易才能过自己的生活,只是需要个安全的地方藏身。

菲多曾对自己发誓,他再也不要为孩子的事烦心,除了自己再也不管任何狗了。时间一天天过去……菲多发现自己动情了,变得与这些小狗分不开了。他告诉自己,他不会久留。但事实上,他还未离开,就会重新背上家庭的负担。那天他出去觅食,走到快走不动了才回来。他给菲菲带回了很多食物,陪了她一会儿。他准备动身离开。

夜幕降临。

他正要悄悄离去，不幸却突然发生。丛林狼发动了袭击，农夫沃尔登也发现了小狗。菲多面临着选择，他可以选择离去，也可以选择保护他已经爱上的这个家庭。

哦，天啊！保护他们等同于再次面对监禁。农夫沃尔登会把他再卖到幼犬繁殖场，或是把他带去狗狗监狱——犬类收容所。可菲多一直都梦想着拥有自由。

菲多会冒着失去自由的风险去救菲菲和那群小狗吗？

当然会。如果不融入这个世界，如果不做点事情，如果不去保护你爱的人，如果不加入到某个集体而只是与世隔绝，那自由有什么意义呢？他在救菲菲和小狗的过程中，也救了农夫沃尔登的命，之后他们就在农场幸福地生活在一起。

这个黑暗时刻就是由外部事件激发的，但是问题解决的关键是角色的内部抉择，是角色的妥协，是角色的成长。

小结

要说读者最终会对你的书有什么看法，黑暗时刻极为关键。你的书值得他们花时间去读吗？书写得成功还是失败？运用GMC来给人物的黑暗时刻增加深度吧！

1.一本书的高潮往往被叫作"黑暗时刻"或"危机时刻"。

2.人物解决矛盾的方式会对书中的一切产生最大限度的情感影响（对读者而言）。

3. 你得让人物有所成长或有所牺牲。

4. 外部矛盾揭示或引向黑暗时刻,但真正解决黑暗时刻的是人物的内部GMC。

5. 揭示危机,让人物抉择。

6. 言情小说中既有情节的黑暗时刻,也有情感的黑暗时刻。两者可能同时出现,也可能单独出现。不论是哪一种,要解决问题,人物都需要先获得成长。

7. 书中每一个人物都有自己的路,以此来应对外部情节中的困扰,处理内部的情感问题。

第八章

解开束缚,创设场景

你把自身想法组织成GMC表格后，就要问问自己了，你写出的GMC能否发展出各个场景？你能否利用好它？它能否衍生出你故事的开头、中间和结尾部分？你能否展现出人物的成长？能否展现出故事的转折点？不是说告诉读者人物的成长或所遇的危机，而是要向读者展现。矛盾呢？你能否用设定的人物与当前的GMC表发展出矛盾？

上述所有问题的答案都在一幕幕的"场景"中。即便你已经写好了故事的初稿，也要针对已完成的场景，好好考虑上述问题。

为什么？

通俗小说非常依赖场景。读者想要你加快节奏，不兜圈子，直接讲述场景，读者想看到人物有所作为。换句话说，场景是小说作者最好的朋友。

但从头至尾只讲述场景的书几乎没有。大部分作者都会夹杂着写叙事、内心独白和描述性语言。小说要素的这种独特组合正是作者的个人特点与风格。但不论是什么风格，你都要用到场景。因此，要学会高效运用场景，确保场景显示出人物的GMC。

场景定义

一个场景就是一幕，是一个事件。它不是喋喋不休地讲述已经发生的事或将要发生的事，也不是内心独白的广阔延伸。场景不是回忆性的描写或阐述，不是背景故事。

第八章

那么,场景究竟是什么呢?它是"……人物和读者经历的矛盾斗争单位"(德怀特·斯温《畅销书写作技巧》)。

注意德怀特·斯温对矛盾的定义,不是单单由人物经历的矛盾时刻,读者也必须经历该矛盾,也就是说,你得把场景写得生动逼真。场景在给人物压力的同时,也要推动人物向前发展。

场景都是即时紧迫的。看看下面的例子,哪一个是场景?

例1:

瑞秋(Rachel)闭上眼睛,不去想内心的恐惧。她别无选择,已经不能回头了,回头比完成它更需要勇气。她往前挪了一步,脚尖碰到了边。只剩下最后一步,骇人的一步。

她跳下时,脑子里开始重复她唯一记得的祷告:"我们日用的饮食,今日赐给我们。别叫我们遇见……啊,我的天哪!"

她一直尖叫着掉进水里。

例2:

坠入池底又浮上来后,瑞秋把手举到眼前,拿出那五张崭新的钞票,每一张的面值是20美元。她有100美元了,为这100美元,她要做的就是从三层楼高的跳台跳进学校的跳水池中。大家都不相信她能做到。

在开始爬上跳台前,她也不确定自己能不能行。楼梯像是没有尽头,从第一级楼梯爬上玻璃纤维的跳台,跳板晃悠悠的,如同她晃动的神经。阵阵微风也没让她的信心有丝毫增长。

但是她做到了，现在也拿到了那笔钱。瑞秋止不住地咧开嘴笑，心里默默重复着她唯一知道的那句祷告："我们日用的饮食，今日赐给我们……"

第一个例子算是一幕场景，有事情正在发生着，我们和瑞秋一起经历着这个时刻。第二个例子当中，矛盾时刻是在过去，瑞秋的奋力挣扎已成为过去，她只是在回味那一刻，只是在祝贺自己，其中没有新的情节发展。

创设场景

一幕场景至少要有以下要素中的**一个**：

1. 重点描写人物实现目标的过程，或是详细讲述改变人物目标的经历。
2. 把人物引入具有反作用的矛盾当中。
3. 关注特定人物，讲述强化人物动机或改变人物动机的经历。

场景可以同时包含上述三种要素，也可以至少有其中的一种。你可以自行选择：G（目标）、M（动机）或C（矛盾）。假如一幕场景与重要视角人物的GMC不相关，那你为什么将其写入书中？是出于什么目的？

黄金法则：场景存在的三个原因

既然我们讨论的是书中场景的合理性问题，那我再说一句：任何场景要存在，都应该至少有三个原因。就如之前所讲，这三个原因之一得是目标、动机或矛盾。场景存在的其他两个原因可以是任何你想要的因素。下面列出了场景存在的一些常见原因：

引入嫌疑对象

发现线索

性的吸引

戏剧性穿插

埋伏笔

揭露秘密

加快节奏

人物间建立信任

人物间彼此背叛

……

作者是独立的个体，写出的书也是独特的。因此，我无法列出一份完整的或全面的场景写作原因列表。你要写书的时候，不能"依葫芦画瓢"。

你只需要记住，对于书中的每一幕场景，都需要至少三个存在原因。其中一个要是目标、动机或矛盾。另外两个你可以自行确定。

你的批评小组或同伴看着你问道："这一幕的意义在哪儿？"假如你给不出三个站得住脚的原因，那你就得重新修改。大部分场景都能经过修改加以巩固。不过，有的场景需要剔除。只有你能决定一幕场景该何去何从。

举个例子，就说《绿野仙踪》里一幕精心设计的场景。回想一下苹果树的那一幕，桃乐茜和稻草人找到几棵苹果树，但苹果树既小气又吝啬，不让他们俩摘苹果。

该场景有很多层用意，我将会一层一层地讲，不仅讲它的效果，还要讲这些效果在该场景中是如何呈现的。

1. 孕育主要矛盾

你看到坏女巫就在一棵树后面，看着桃乐茜和稻草人。因此，这一场景就是一种警示，告诉我们坏女巫是个卑鄙的反派。

2. 场景内部矛盾

苹果树抽打他们，朝他们扔苹果。桃乐茜必须与苹果树抗争。

3. 人物塑造与埋伏笔

稻草人本来应该是呆若木鸡的，却机灵地对苹果树做鬼脸，引来苹果树扔苹果报复。因此，稻草人或许没有他自己想的那样没脑子。这为后来稻草人提出要去女巫城堡救桃乐茜的计划埋下伏笔。

4. 引入新人物的机会

在地上翻找苹果时，桃乐茜发现了锡皮人。锡皮人的发现让这愉快的队伍里又添一位必要成员,他们一道启程,去找魔法师。他们都有很强烈的理由见魔法师。桃乐茜见魔法师的次要目标开始萌生——就像山上滚下的雪球。它越来越紧迫,越来越重要。因为大家都相信那个未知魔法师的魔力,几个伙伴的希望慢慢聚在了一起。

5. 增强桃乐茜回家的动机

在桃乐茜的家乡堪萨斯,苹果树不吝啬,也绝不会抽打谁,不会对谁扔苹果。桃乐茜不快的经历提醒她,她不属于奥兹王国,这增强了她回家的动机。她熟知家里的一切事物。

6. 制造喜剧效果

稻草人跟苹果树对抗时动作滑稽,场面可爱,往往能引得小观众欢笑不已。

谁会想到,就这么个看似平常的场景,对情节发展的作用却如此重要?电影剧作家会想到。这一幕场景设置巧夺天工,上述效果的达成都是经过精心设计的。

你把某一幕写入书中时,要多少原因并没有具体限制。不过,如果至少存在三个原因,就能确保你写的场景是有意义的。

小说的转折点

几乎毫无例外,小说的转折点都会是场景。因此,在"写作准备"阶段,评估故事梗概和GMC显得尤为重要。

场景一幕连着一幕，相互支撑。

人物在一幕场景中采取行动，行动引发不反应，迫使人物再一次做出抉择，继而又采取行动，该行动再引发别的反应……这是个恶性循环，但它就应该如此。

计划写书时，也要考虑到书的中间部分，别只考虑开头和结尾。看看你的GMC，问问自己，你写的人物必须要实现什么样的成长。故事发展到高潮时，他能从经历过的什么场景中获得经验。看着你的GMC表和剧本，"我需要这个"。你脑子里得满是那种会"求着"让你写出来的场景。

电影《鹰狼传奇》中，纳瓦拉（Navarr）的目标是杀死主教，因为他想复仇。主教垂涎纳瓦拉的爱人，对他和他的爱人施了咒。纳瓦拉与爱人伊莎贝（Isabeau）被诅咒"永远在一起却永远不得相见"。纳瓦拉夜晚变成狼，伊莎贝白天化为鹰。

从内部来说，此前主教对伊莎贝发难，纳瓦拉没能保护好她，失去了荣誉，他想重拾这份荣誉。荣誉对纳瓦拉极为重要。他对荣誉的看法与对勇气、佩剑和报复的概念混在一起。他必须要明白，荣誉不是拿在手中的佩剑，而是心中怀抱的信念。

理清了纳瓦拉要明白的内容后，作者就知道，纳瓦拉必须失去他继承的荣誉——家族佩剑（只传给他这一代中的佼佼者）。对纳瓦拉而言，失去自己荣誉的物理象征是一个转折点。我们要将他剥光，拿走他的精神支撑。于是，我们对必须要写的场景有了初步想法。我们也知道，必须要介绍一

第八章

下作为象征的佩剑。这就有了第二幕场景,这一幕需要安排在他失去佩剑之前。明白运作原理了吗?

纳瓦拉的爱人伊莎贝只想挺过夜晚,保护好那匹狼,其他别无所求。一个女人无人陪伴,夜晚是很危险的。纳瓦拉还把她带回了安圭拉(Acquilla),再次面对主教,那她就更危险了。她内心只想撑下去,直到打破诅咒,因为那是他们能重新在一起的唯一办法。但纳瓦拉不愿考虑寻求修道士的帮助,因为修道士在对主教忏悔时不经意间背叛了他们。

修道士将会是个关键人物,他能帮助打破诅咒,我们必须找到一种方式,迫使纳瓦拉寻求修道士的帮助。要怎么做呢?对,我们让伊莎贝受伤,在她化身为鹰的期间受伤。如此一来,纳瓦拉唯一能带她去的安全之处就是修道士那儿,唯一知道他们秘密的只有修道士。因此,我要创设一幕场景,场景中鹰有生命危险。

伊莎贝要学着明白的是"苟活于世不是真正的活着"。要激励伊莎贝冒险面对主教,不为复仇,只为打破诅咒,我们需要创设些什么样的场景呢?我们怎么才能说服纳瓦拉放下自己的计划并相信修道士呢?

本书附录的表格部分有《鹰狼传奇》的完整GMC表。

在你自己的GMC架构当中,要不断问自己,我要怎么展示这一点?我需要些什么?别管场景顺序,先做头脑风暴。

去伪存真

看了大量的GMC表之后，你会意识到，有的想法根本不适合写成小说。比如说：

一个女人对牛奶过敏（矛盾），她要找一种完美的奶昔（目标），因为她确信那种完美的奶昔能治愈她的过敏（动机）。

上述想法没有实质意义。这样一份GMC写不出多少丰满的场景。要记得，外部GMC是路线图。想想我们对GMC以及场景重要性的了解，结论就不言自明。或许，这可以归为短篇小说的想法一类。就我个人而言，我会把它直接丢进桌旁的废纸篓里。

场景与人物成长

要时刻谨记，矛盾考验人物，不然有何意义呢？

《绿野仙踪》里有三个次要人物让人难忘——稻草人、锡皮人和胆小的狮子。我们对这三个人物记忆深刻，不是因为他们可爱、有趣或个性鲜明，而是因为他们也获得了成长，我们在意他们。

回想一下女巫城堡外的那一幕，他们三个在岩石间乱成一团。稻草人必须想出办法，他得相信自己，还要让别人相信他。锡皮人必须找到一种寄托，一种他本不应该有的情感

第八章

寄托。他更关心怎么帮助桃乐茜，而不是对此沮丧绝望。胆小的狮子必须找到勇气，跟大家一起去城堡，走一趟鬼门关。狮子必须把别人的安危看得比自己的安危重要。他必须要相信同伴。

三个人物都有所改变。他们所处的情境要求他们必须采取行动。他们去救桃乐茜，因为他们在乎她。我们在乎他们，因为桃乐茜在乎他们，而我们在乎桃乐茜。我们从一开始就在乎桃乐茜，因为我们理解她的GMC。

胆小者加上勇气就成了大英雄。

推己及人

顺便提一下，人为设定的痕迹不应该过于明显。你要做的，是将所有因素融入书中，创作出一部浑然天成的作品。你费尽心思给读者塑造出多层次的人物，创设出让人满足的丰富情节，读者不应该注意到刻意的痕迹。你自己在阅读的时候，可能都注意不到这些因素。

但是GMC就在那儿，阅读时隐藏在你意识的边缘，让你相信故事情节。

回去看看你的藏书架，取下那些你真正喜欢的书，那些你保存多年的书，好好分析一番，列出其中的GMC表格，对它们进行分解。那些场景都站得住脚吗？

要展示，不要讲述

如果你是位经验丰富的作者，你可能听过上面这个短句，或许都刻在你骨子里了。如果你刚开始写作，那现在就记下它。"要展示，不要讲述"，这条建议等同于场景写作的培训手册。

找几份剧本写作的书来读，租些电影来研究。电影把"要展示，不要讲述"这话阐释得淋漓尽致。电影没有别的选择，电影不能给你"讲述"任何东西——除非配上一位解说员的声音，但你发现没有，那会让你跟电影产生多远的距离？只要你在读者、观众与场景之间加一层媒介，你就是在疏远他们，你就离故事正在发生的感觉远了一步。你是在提醒读者，该故事并非是正在发生的。

你是在破坏读者与人物间的连接纽带。

电影极少使用解说员。如果一部电影没法向你展示……如果你从体会银幕上的人物经历中无法理解这部电影……那这部电影就不合格。要学会怎么去向读者展示，就去研究电影，研究剧本。学他们如何通过人物塑造和对话来传达背景故事，就像电影在观众与主人公之间建立纽带一样，你要学会在读者与人物之间建立起纽带。

"要展示，不要讲述"的最佳案例

罗伯特·牛顿·派克（Robert Newton Peck）写过一本

第八章

书,名为《小说是平民故事——如何创作难忘的人物》(*Fiction is Folks—How To Create Unforgettable Characters*)。书中满是派克写下的案例,用以阐明他在人物方面的看法。他可能给出了"要展示,不要讲述"的最佳案例。他只需要一小段对话,无须多讲背景故事,无须多说情节设定,不需要别的。一小段对话就能奏效。

派克给我们讲了一个古代的爱尔兰国王——格雷迪(Grady)国王,他说了一句话:"我的就是我的,你的……是可以攫取的。"

矛盾立马就展示出来了!

有了这句话,他就已经开始了整本书的创作。目标可以任意指定:偷取土地、钱财、人妻、马匹或是王国。格雷迪的动机也可以任意指定:贪婪、复仇、嫉妒、自卫等,随你怎么定。矛盾很清晰:其他人物不想失去自己的东西。我们对格雷迪所知甚少,但也没关系。我们知道的是,江城(River City)有麻烦。这句话一下子就把人物丢入了矛盾当中,由此开启了整本书的故事。我们会觉得坐立不安,迫切地想知道接下来发生了什么。派克给我们展示了这么一个即时瞬间,非常清晰,我们知道接下来会有后果,有行动,有反应。

只用很小的篇幅,派克就讲明了你要用GMC做些什么。你写出的第一章不能满是背景故事和回忆。你需要一幕场景,你要让人物采取行动,利用好"要展示,不要讲述"这种形式。

挑战

我这里安排一项练习任务——该练习我也做过,讲完练习要求后,我会把我的分享出来。

1. 花上10-15分钟,设计出一个人物的GMC,要设计一个全新的人物,别用你现在写的小说故事。
2. 创作一幕场景,给自己一个小时的时间把GMC展示出来,作为一本书的开头。重点是要用尽可能短的篇幅来做完这件事。要展示,不要讲述。该练习所花时间不要超过一小时。
3. 唯一必须遵守的法则:在场景的某一部分,人物必须说出:"我的就是我的,你的是可以攫取的。"

设计你的开端场景时,牢记下列事项:要有事件;需要介绍点人物背景故事,但别写太多;给人物设立目标和对手;让人物面临选择;考虑动机。

由于我不写历史小说,因而我做该练习时,特意写了个历史性场景。别去想束缚着你的编辑,沉浸到自己真正的写作当中,创作起来就会容易很多。要允许自己失败。做练习时,别用你最喜欢的书中故事,别用你常写的类型,用全新的东西,要与你现在写的作品截然不同。你会有意外惊喜,你不会失败。

写过去而不去写当下,我觉得更加灵活了。如果你平时

第八章

写科幻,那就试试写惊悚;如果你平时写推理,那就试试写浪漫;如果你平时写历史,那就试试写当下。我没法面面俱到,总之,就是写点儿新鲜的。

我也是这么做的。我必须得以尽可能短的篇幅传达出开端部分的GMC,最终用了不到两页的稿纸。接下来你读到的内容,就是我写后没再改过的,是我写的原版,未经编辑,未经增删。(我仍旧把它放在本书当中。)这些年听过我GMC工作坊的人肯定还对此有印象。

因为不想浪费时间,我直接把人物也命名为格雷迪国王。读的时候,找找GMC,内部外部的都要注意。所有的稿子都应既有内部GMC,又有外部GMC,下面这份也不例外。当中不该有明显的指示标记可提醒读者"注意,GMC来了"。

"陛下!"男侍从一边喊一边跑进王室寝宫。恍惚间,他意识到自己的无礼,赶紧闭了嘴,用稍微冷静的声音说道:"陛下,我有事向您禀报。"

格雷迪国王并未转身,他从水盆里捧了一把水拍到脸上,伸出他伤残的手去拿毛巾。时光流逝,年轻的国王已经慢慢习惯了自己那只畸形的手,习惯了手上缺了两根手指头。伤是一名刺客的剑留下的,他现在已经不再费事去遮掩了。

"这事有你的命重要吗,孩子?"格雷迪国王问道。说话间他把毛巾扔到了脚下的地板上,从侍者那儿拿过佩剑。

"您的参赞大人从北方传信来了。"侍者不安地瞥了一眼那银色的剑刃,"他让我速速来报,陛下,他把他的印章给了我，让我不受卫兵阻拦。"

格雷迪国王皱了一下眉，他有力的手不自觉地握住剑柄，以此安下心神。比起外交，他更了解战争。"说吧，北部有什么变化让我的参赞大人如此着急？"

"邓肯死了，王子柯文继承了王位。"

格雷迪盯着侍从，简直不敢相信自己的耳朵，惊讶得说不出话。多年来，邓肯争夺各王国领土，就跟男人争夺马匹、女人争夺金首饰一样。现在他终于死了。他的死去带不走格雷迪骨子里复仇的决心。想起父亲流过的鲜血，想到那刺客的伏击，格雷迪心中就满是怒火。

"终于死了。"格雷迪小声嘀咕，声音里透着冷峻。"王子柯文有派信使前来吗？"

"有，陛下。"

"把信使带过来。"

"那参赞大人呢？"侍从转身时问道。

"他怎么了？把信使带过来。"

格雷迪挥手示意侍者退下，自己耐心地等待。邓肯死了，但好戏并未结束。他儿子继承了王位也没什么两样。格雷迪仔细看了看自己那伤残的手，想到邓肯的儿子，他咧开嘴笑了。王子柯文本该在他还有机会的时候把刺杀的任务完成。

门外传来一阵骚动，他抬起头来，看到信使进入了寝宫。格雷迪没有客套，直接问道："柯文派你来的？"

信使优雅地鞠了一躬，从袋子中取出一份系着丝带的卷轴。"王子——国王柯文深切悼念父亲的离去。是艾丝琳公主派我来的,让我把这个给您。"

格雷迪没有要接过卷轴的意思。他紧紧盯住信使,说道:"回去向艾丝琳转告我的哀悼,但要告诉柯文——从今天起,我的就是我的,他的……是可以攫取的。"

我写的就是这样,含有GMC的故事开端。很显然,艾丝琳公主是想与格雷迪联姻,避免眼前一触即发的恶战。她知道,格雷迪和柯文处于同一地位后,会有一场生死之战。

做一下这个练习,允许自己可以做不好,这本来就不必做得完美。格雷迪这一段是我很早以前写的,现在依然有勇气(或许并非出于自愿)分享出来。你不用把自己写的给别人看,但是亲手尝试一番,可以当作一种学习的经历。

练习的目的是运用好GMC,而不是看你能写得多出彩。这就相当于把你的构想都落实到纸上。

把玩GMC

讲了这么久,都在说场景的重要性,以及设定有力的GMC的必要性,你的大脑或许已经卡在了严肃的氛围当中。舒缓一下,学习GMC概念的时候,不妨抱着把玩的心态。

把玩GMC最好的案例是一个学生寄给我的生日贺卡,GMC表格就写在一张精美的手工卡片上。(虽然这份GMC表格的内部因素不够"情感化",但仍旧很有意思啊!)

	外部	内部
目标	祝您生日快乐	确定您的年纪
动机	想要给您最好的祝愿	希望您的年纪比我大
矛盾	没有邮票	您可能不会透露您的年纪

小结

要明白，你不必因为写初稿的时候不知道或没考虑过GMC，就把所有写出的东西都否定掉。别不分好坏地全盘抛弃。你可以回过头去，在有可能的部分挖掘GMC，寻找错失的机会。进一步打磨场景，把焦点放在人物实现目标的过程上。

一旦你确定好GMC，剩下的部分就会自然呈现在读者眼前。

1. 小说非常依赖场景，有力的GMC也很依赖场景。叙事、说明和内心独白都很重要，但不能取代场景。

2. 一个场景就是一幕，场景是即时的。场景推动情节发展。

3. 一幕场景至少要有以下作用中的一个：重点描写人物实现目标的过程，或是详细讲述改变人物目标的经历。把人物引入具有反作用的矛盾当中。关注特定人物，讲述强化人物动机或改变人物动机的经历。

4. 每一幕场景都要有三个存在的原因。其中一个要是目标、动机或矛盾。

5. 构思一本书时，想一想你的GMC能否在开端、中间和结尾部分中发展出场景。书的中间部分往往包含主人公的一些特定经历，他能从中吸取经验来解决最终矛盾。

6.矛盾会考验人物。

7.分析那些已上架的书，列一下其中的GMC表，看看这些书的框架是怎样的。

8.研究电影和剧本写作的书。电影把"要展示，不要讲述"阐释得淋漓尽致。

9.GMC可以用作修订指南。

第九章

GMC头脑风暴

如何通过头脑风暴建立人物的GMC，为尽可能让你对此有所体会，下面你将看到一份讨论会记录。与会者把背景设定为当代（实际上更接近越战时期），主人公是男性。我尽量保持了讨论会原有的样子，但删去了一些琐碎的对话，做了简单总结。

你就想象有一张很大的表格，头脑风暴的过程中，表格中填上了相应内容。

黛布拉：我要知道人物的主导印象。我们写的是谁？登山者？警察？会计？前海豹突击队队员？我们写的是谁——

与会者：消防队员，建筑工人，军人，前奥运会运动员，前任警察，前任护林员……

黛布拉：我们需要达成共识。好像大家都很喜欢"前"（ex），那人物就是前任某职业。有谁想把人物设定为军人、警察、侦探、保卫者一类的危险职业？

与会者：一致同意。

黛布拉：好，我们的范围缩小了。我们要做什么呢？前任军人还是前任警察？简单点儿，二选一。

与会者：前任军人。

黛布拉：我们对他的印象是什么样的？谨慎？狂妄？热情高涨？

与会者：不稳定；带伤；幻想破灭；精力充沛；满怀怒气；愤愤不平；为人死板……

黛布拉：好了，有三个词我比较喜欢。愤愤不平，幻想破灭，带伤，选哪个？

与会者：幻想破灭。

黛布拉：我们基本确定，人物为幻想破灭的前任军人。好，我们给他起个名字吧，今天的时间有限。

与会者：汉克（Hank）。

黛布拉：可以，不错。那就叫汉克。汉克想要干什么呢？

与会者：度假。

黛布拉：什么？汉克想要度假？等一下，这可不够重要，不足以让他不顾自身利益。

与会者：瑞士银行账户；工作；复仇。

黛布拉：他想复仇？

与会者：证明自身清白。

黛布拉：可以，我没什么意见。不过，你们已经直接跳到内部情感因素上了。很不错。但我们得先设定个外部目标。

与会者：工作；钱。

第九章

黛布拉：所以他想要一份工作？他在找工作？我们先停下来想一想。这些事情非常重要，继续发言，我们需要把这些理顺。找工作是否紧迫？我们能不能把它设定得紧迫？想想看，这事让人兴奋不？我们能不能吸引读者？

（大家激烈讨论着，会场十分嘈杂。）

黛布拉：好，有人说到，他想要工作，因为他被军队遣返的原因很不光彩，找工作很难。

与会者：他想把自己的孩子们带出越南，因为孩子的妈妈已经死去。

黛布拉：不错……那就说他想把孩子带出越南。不对，不对，那是动机。犯错在所难免，可以使用便利贴，这样就能把表格中的内容随意移动了。他想要一份工作。

与会者：他想要一份特定的工作。

黛布拉：假设我们给人物设定一份急需的工作，那他为什么想要这份工作呢？因为这样他才有送孩子离开越南的钱和途径吧。或许他需要一份能有众多联系的工作。

与会者：一份能让他在当地畅通无阻的工作。一份能让他做些侦察的工作。

黛布拉：我知道，你们有的人在想："可是，我真不喜欢这个设定啊。"我们的目标只是进行设定。这是教你如何运用GMC，而不是让你回去写这么一本书。你肯定不想写别人设定的GMC。我们是在学如何进行整合。现在，我们需要一个矛盾。为什么主人公无法找到一份能让他送孩子离开越南的工作？问题出在哪儿？

与会者：被军队遣返的原因不光彩。

黛布拉：好，他的档案有污点。
与会者：因此他才幻想破灭。

黛布拉：非常好。我们回到了他为什么幻想破灭的问题。
与会者：他必须把孩子们送走，因为当地即将面临冲突、争斗或战争。

黛布拉：很好。我们给汉克设定了时间限制。只用把它理顺……我来理一下……我记得目标是他想要一份工作。但真正的目标，也是他的底线，是把孩子们送出去。那才是真正的目标，既紧迫，又重要。他会不顾自身安危，尽全力将孩子们送走。我觉得，我们需要修改一下GMC表。他要把孩子们送走，因为孩子们处于危险的境地。矛盾在于，他没有可利用的方法或途径。

接下来，我觉得应该换个方向了，把被军队遣返和幻想破灭的内容归入内部因素。这与他的情感相关，关乎他对被军队遣返及其他事情的感觉。他可能还想要证明自己的清白，因为从情感上来说，他需要那份证明。他需要那种感觉，如同自己并未一败涂地，觉得他不该被军队遣返，诸如此类。

如果我们确实在写这本书，我们就会知道他被遣返的细节，知道他的孩子们到底面临什么危险。但我们只是单纯讨论，用的速记法。

与会者：那么，他妻子在哪儿呢？我觉得肯定是个浪漫的故事。

黛布拉：以最吸引你的人物入手，然后你会看到要把他们放入的情景，对于他们会接触到什么样的人，你会有打算。或者说，在开始构建GMC之前，你就打算好写什么样的女主角了。要记住，他们出现在书中的原因不是相爱。每个人都有自己的意图。此刻是他们最不可能遇见灵魂伴侣的时刻。他们没有这个时间，当地处境很危险，他们对任何事物都不信任。由此，你就把他们放入了矛盾中。你把他们一同放入设置好的情景，但他们各自都有自己的打算，都有他们必须要做的事情。

正因如此，我才喜欢单独设计每一个人物。之后再整合到一起，看看他们相互间是否贴合，然后根据所看到的内容来做更多的修改。修改是为了增加矛盾。对了，刚刚那个问题提得很到位。

好，回到汉克的话题来。就外部的GMC来说，我们要怎么推动情节发展呢，有人清楚吗？没错，把孩子带回来是情感问题，但是实际做这件事则是客观问题。他得去某个地方，

第九章

做某些事情，立马就动身。这是个情节。

现在，我们来找些内部的东西。他必须要学会明白什么？刚才谁说他要证明自己来着？在构建情感要素时，我们需要搞清这一点。

与会者：更重要的是忠于自己，而非忠于别人的想法。

黛布拉：噢，我喜欢这个说法。你内心的想法更为重要。你不应把别人的道德信仰体系架构到你对正误及真假的认识之上。你可以用几十种不同的方式来说，那就用对你有意义的方式，这样能为你所用。若你明白这个说法，那你就完全明白人物必须学会什么了。

汉克的内部目标是什么？在情感层面上，他想要什么？

与会者：宁静；那种证明自己的感觉；为自己正名；对孩子的爱；家庭。

黛布拉：好，有人说到"对孩子的爱"。我们听到了十几种不同的回答，每一种都很棒。在座各位写的书都不相同，但没有关系。

他刚被开除军籍，失去了他眼中的家庭。很多人觉得，军队好像就是他们的家庭。他想重新回到这个家庭中吗？

与会者：他在组建一个新的家庭。他想被需要，想做孩子们的榜样。他希望自己有能力救他的孩子们，因为他没能救下孩子们的母亲。

黛布拉：那他想要证明自己当之无愧？无愧于得到他孩子们的爱。因为被军队遣返，他生活不稳定，幻想破灭。或许他觉得自己不配拥有任何美好的事物。为什么他想要证明自己当之无愧呢？

与会者：是谁在照顾那些孩子？孩子们见到他时会怎么想？已经过去多少年了？

黛布拉：他想要证明自己当之无愧，因为他还没有完成自己该做的事情。他本该把孩子们带出越南，但却没有这么做。这个机会摆在面前时，他人的信仰体系左右了他的决定。他人说："这几个孩子是越南人，他们属于自己的国家，该有自己国家的文化，他们不应该回到这里来。"

动机是他想要感受到值得，因为还没有做好该做的事情。要知道，你不必完全认同我们在表里写的内容。我们在挑选，挑选的方式无所谓对错。我们选入表中的内容是为让讨论继续进行，大家自己写出的书可能会比我们表中的内容好上千倍万倍。

别人创作人物的方式与你不一样，而这些人物恰恰是你书中最重要的事物。实际上，我从不怕把自己的想法拿出来讨论，因为我的人物是我自己的，是独一无二的，别人无法复制。直面它，没什么大不了。别的作者写不出我的人物，我也写不出他们的人物。

感受到值得的矛盾是什么？

与会者：他已经离开军营二十年了，不知道该去找谁。

黛布拉：我们需要一些情感上的东西。他内心里有什么阻碍着他感受到值得？

与会者：愧疚感。

黛布拉：你说得对。他必须先摆脱内心的愧疚。而要摆脱愧疚，他要做什么呢？他要端正自己。他要忠实于自己的信仰体系，接下来，我们就回到了他要学会什么的问题上。GMC会自我演绎。

列出汉克的表

下面是汉克的GMC表，表里既有主题句，又有主导印象。别忘了，该表是小组头脑风暴所获的成果。

基于自我判断的道德罗盘很重要。
千万别把他人的信仰体系架构在自己之上。

汉克 幻想破灭的前任军人	外部	内部
目标	把孩子们带出越南	他想要感受到值得
动机	孩子们处境危险	他对不起他的孩子们，因为他之前让别人来告诉他什么是对的
矛盾	他没有相关的方法和途径	愧疚

第十章

故事概述（不多于50字）

GMC是一种整合写作构想的方式，以此检验你故事的确切内容。那就是你要向编辑推销的内容，即故事构思和发展走向。GMC能把这些呈现给你。

不论你是把GMC记在心里，记在笔记本上，还是记在表格当中，你随时都应该能把GMC压缩为一个简练的句子，句子根据具体需要来组织，比如：

龙卷风把桃乐茜吹到了奥兹王国，她必须打败坏女巫来寻求魔法师帮助，让魔法师送她回家看望生病的婶婶。

你要能写一份简短的自荐信，概括出你的核心情节。你要能在会议上坐到编辑面前，灵活地介绍你的书。利用GMC表，把情节总结为句子形式，整理为一份简短的介绍，然后熟记它。

这就叫故事概述。

什么是自荐信？

如果你希望编辑或出版代理人考虑你的稿子，你就要给他们寄一份专业的邀请，请他们读你的书。这份简单的商务信件通常叫作"自荐信"，信可以分为四个部分：

问候
证明

第十章

故事概述

结尾

自荐信中最重要的信息，一是书稿已经完成的声明（一般放在开头或结语部分），二是故事概述部分。编辑们感兴趣的是成稿，稿件中描写了引人注目的人物。你可以用一到两页来吸引编辑或代理人的注意，让他们读你的稿件。

不能拐弯抹角。自荐信是编辑对你的第一印象。你希望他对你的主导印象如何？毛手毛脚的白痴？毫无章法的业余写手？还是说你希望编辑认为你是个老到的作家？对了。编辑若觉得你是个老到的作家，就极有可能读你的书。

专业自荐信所含的四个要素中，每一个都代表着编辑和代理人的一种特定需求。还记得吧……你是在写自荐信来满足他们的需求。你要让编辑和代理人容易认可，要给他们所需的信息，让他们快速做出决定。你是在试着向他们推销你的构想，让稿子来向他们展示你真实的写作水平。

舒心亲密的称呼，比如"亲爱的史密斯女士"。

称呼一定要写。再三检查，确保拼写无误、所涉信息没有过时，因为出版社的编辑经常有人员变动。

介绍性的段落，写清证明信息。

说明投稿的种类，有没有获得什么奖项，是否全部完成。在给代理人的信中，如果你针对特定的出版社或版权种类，那就应该包含这些信息。

1到3段的 GMC概述，涵盖人物、事件、原因和必要矛盾。

尽量把总结压缩，多用名词和动词。讲清发生了什么。要简练，要清晰。解释清矛盾。人物和矛盾是最重要的因素。

结尾。

感谢您抽时间读信，期望收到您的回音。

自荐信示例

示例中故事概述部分是我一本上架小说的故事梗概。虽然信中实际的梗概不止50字，但你要能找出独立的GMC句子。（人物想实现目标，因为有动机驱使，但是他又面临矛盾。）

证明段落是一份未出书作者的典型开场白。即便你获得过无数比赛奖项，也别写得太多，只写那些出名的全国比赛奖项和名次。编辑寻找的是潜力，而不是勋章奖项。

编辑伊迪斯（Edith）女士
巨著出版公司（Great Books Publishing）
123大街
纽约，NY10012

亲爱的编辑女士：

第十章

　　我是巨著出版的ABC浪漫系列图书读者，很喜欢您在孟菲斯会议上的讲话。我的书稿名叫《神秘山》，在南部诸州小说开篇大赛中进入了决赛，我觉得该书稿会是您感兴趣的类型。

　　《神秘山》的故事女主人公是位当代助产护士，她必须要在偏远的阿巴拉契亚山区开始实践，因为当地曾资助她上学。男主人公是个超自然考古学家（Psychic Archaeologist），是本地人，他回家来避开那些想利用他的人，逃避困扰他的情感回响。

　　男主人公离群索居，女主人公想要他的帮助指导，因为男主人公有权决定她在当地的服务时长，但是男主人公不相信外人，尤其不相信想要利用他的人。当他们坠入爱河，男主人公不得不面对一个现实，他感知不到女主人公的情绪。女主人公没有对他敞开心扉。与女主人公相爱，意味着必须面对信仰上的盲目，这是他从未面对过的。

　　书稿已经完成，随时可以交付。

　　谨致问候。

自荐信中人名的把握和运用

　　你需要设计出一个句子，把编辑"带进"你的故事当中。我的设计："……女主人公是位当代助产士，她必须要在偏远的阿巴拉契亚山区开始实践，因为当地曾资助她上学。"就这一句话，我把故事设定、人物职业以及她去阿巴拉契亚山区的动机都给了编辑。

注意，我在介绍人物的时候，并没有用对应的名字。我用的是形容词加描述性名词，创造出人物感。我用了GMC表中草拟的主导印象。

你找出GMC句了吗？男主人公离群索居，女主人公想要他的帮助指导，因为男主人公有权决定她在当地的服务时长，但是男主人公不相信外人。注意引出词汇"因为"和"但是"。整个句子只有26个词（英文单词）。

《神秘山》另一个版本的梗概

该版本是现行的三段式概述，我用来向编辑推销那本书。

约书亚·洛根（Joshua Logan）回到阿巴拉契亚山区，当地人一直以来都接受他，认为他无所畏惧，对外界不好奇，他们也从不把他看作一个珍贵的实验标本。他回家来是为了找寻心理平衡，重新让自己相信：他特殊的"天分"不是诅咒；他的抚摸具有很强的治疗效果，他拥有"读出"身边人内心想法的神秘能力，这并不是说他是个怪物。

维多利亚·班尼特（Victoria Bennett）需要向阿巴拉契亚山区的人们提供三年的服务，因为当地曾资助她学习护理和助产专业。对维多利亚来说，这种交换非常公平。因为她能直接学习到民间医疗，还能做她最想做的事情——把婴儿带到这个世界。

几乎就在她卸下行李的那一刻，现代医疗与山区传统就发生了冲突。她发现,在获取患者信任方面,出生山区的事实比六年的教育经历有用多了。约书亚·洛根是唯一有权给她的服务盖章认可的人,但他不喜欢外人,尤其不喜欢受过医疗教育、想要研究他本人以及他祖母的民间医疗术的外人。

要怎么确定重点信息,要如何组织这些要点?

重点信息已经在你的GMC表格里组织好了,你只需要确定如何在自荐信里传达这些信息。哪个人物更强大?哪个人物对读者的吸引力更大?是不是最好先讲故事构思?哪些内容需要略过?

你的个人风格将决定你如何构建故事梗概。你会注意到,《神秘山》的两个梗概不仅风格不同,结构也不相同,但是两者在本质上都传递了相同的信息。你也做一做试验,把你的故事梗概写到纸上。检查一下,确保你把GMC表中的要素都囊括其中。

然后开始删减,删减到只剩骨架。不多写一个词,不多浪费编辑一秒钟。

小结

GMC对作家而言,作用不仅在于保证故事的方向正确。GMC有助于你写出极具针对性的故事梗概,用以向代理人和编辑自荐。

1. 自荐信是一种专业的邀请，邀请对方读你的作品。
2. 自荐信的四要素：
   问候
   证明
   故事总结/梗概
   结尾
3. 只用一句话"总结"会让编辑对你的书产生兴趣。
4. 在自荐信中，要用人物的主导印象，而不是只用对应的名字。

ptf
第十一章

这个那个

第十一章

你能把故事讲好并推销出去吗？

你要问自己很多关于GMC的问题，除此之外，你还要认真想一想，你能否把这个故事讲好并推销出去？

你讲的是自己的故事吗？你理解故事的主题吗？你能把故事中必要的情感传达出来吗？如果是科幻惊悚题材，你能把握好故事的技术层面吗？要对自己坦诚。有时候，放弃某个故事，回到你能驾驭的构想，也不失为明智的做法。

另外——你能推销出去吗？你的故事有没有市场？你写本有关马戏团的奇幻小说，内容惬意露骨，或是写本言情小说，讲的是两个无家可归的人，会有编辑看中吗？若是处女作，这样的故事有时很难卖出去。即便不是处女作，也难有市场。如果你写的书没有市场，而你的目标是要出通俗小说，那就放弃这种故事。现在的作者也可以选择自己出书。但即便这样，你也要问问自己，你真觉得有那么多读者会读或想读你那不寻常的构想吗？（有时，某些类型的故事没人写是有原因的，可能就是因为没有市场。）

不，我并不是在建议你仅仅为瞄准市场而写作。那也是不可能的。你现在看到的趋势已是一年半以前的了。你的想法要新颖才行。你做不了史蒂芬·金（Stephen King），那个位置已经有人了，别想了。不过，你可以在史蒂芬·金的基础上加点儿东西，加点儿你独有的东西。

让你关注市场，其实我是想说，对待自己的作品，要**坦诚**。如果你要写一本没什么市场的书，没人会说你不对。写

第十一章

就是了，写得酣畅淋漓。但是写的时候，你要知道，你写的是一本很难卖出去的书。要知道，你写个外星小超人英雄的故事，有没有市场难说。也没关系，你可以把它推销给你寄给的第一个出版商，创造一种全新的通俗小说流派。然后，你可能会继续收到无数次退稿。你可以自己出版，哪怕没有销量。你可能会因此成了下一个头条。

不管你写的是什么，都要相信自己。写作是件不容易的事，有时候，唯一支撑着你写的，只有你的热情和自信。

保持创作热情

仔细考虑该话题后，我认为，问题不在于如何保持创作热情，而在于我们是如何扼杀和抑制了创作热情。我认为，创作热情并非是趁我们不注意悄悄溜走的。

我觉得，作者有意无意把创作热情当作了一只烦人的苍蝇，将它赶走了。作者们都忘了，写作只是为了写作，不是为了出版或荣誉。我们的主要目标，本该是开始或完成故事的创作，但我们不断找借口，说无法下笔。

最后，我们自己亲手扼杀了创作的热情，扼杀的方式是不断告诉自己："这只是我练手的书，不是要拿去卖的；这写得不好；我还写不好；这故事不够独特；我没有截止期限，不赶时间；批评小组不鞭策我，我没法写下去；有的比赛评委不喜欢这故事；没人相信我能写书；我刚读了个奇幻系列，讲的是马戏团的小丑侦探，跟我的很像；我要个头脑风暴小组……"

你有过这样的借口吗?

哪怕不找借口说自己做不到,写作也已经够不容易了。如果你一直找借口,在电脑前拖延时间,你大脑负责创新的部分会生锈。"关掉"心里阻碍着你创作的力量,最好的方式是写,写什么都行,就这个简单的动作。

每一天都要写,即便只是写一小段。写点儿东西出来,别一字不动。

另一位作家曾经教我一个简单有效的诀窍:你卡住写不下去的时候,别关电脑。你就对着屏幕做头脑风暴,必要的话写点儿没意义的东西,写点儿下一幕场景的对话,描述的词语,粗鲁的评论。"然后,恐龙把坏律师吃掉了。"(喂,《侏罗纪公园》也不能凭空就写好了啊。)做一会儿没多大意义的头脑风暴,然后就可以关掉电脑。

现在,你就有了明天继续创作的跳板。页面上有点儿东西的话,坐下来写就要容易些。你很容易就会说:"我想了些什么啊!恐龙不可能吃掉坏律师……除非……有一座主题公园。对!就是它!主题公园!"

我坚信,我们所有人的内心都有座恐龙主题公园,里面的恐龙咆哮着要跑出来。只要我们别再找借口就行了。

走自己的路

要学会通过别的作家、指导书目和批评意见来获得有价值的写作技巧。你所阅读的和听说的并不是都有用,但有些东西是能用得到的。那就要好好利用!多听听别人的,你永远不知道谁会握有宇宙的奥秘。

取其精华,去其糟粕,推陈出新。

写作是一个孤独的职业:一人,一椅,一电脑。

你无法控制市场,无法控制读者,也无法让编辑的阅读速度更快一些,但是你能控制你的创作。

去写吧!

附录A

推荐阅读和参考资料

放在电脑旁或写作区的

The Elements of Style, Fourth Edition
William Strunk, Jr. and E.B. White
MacMillan Publishing Co., Publisher
(often referred to as: Strunk & White)

《风格的要素》
威廉·斯特伦克
麦克米兰出版公司出版
（作者栏经常简写为斯特朗克 & 怀特）

Hodges Harbrace College Handbook
John C. Hodges, Mary E. Whitten, Winifred B. Horner, Suzanne S. Webb, Robert K. Miller
Harcourt Brace Jovanovich, Publisher

《霍奇哈布雷斯学院手册》
约翰·C.霍奇，玛丽·E.惠滕，威妮弗蕾德·B.霍纳，苏珊娜·S.韦伯，罗伯特·K.米勒
赫考特·布雷斯·乔瓦诺维奇出版社出版

附录A

The Synonym Finder
J. I. Rodale
Grand Central Publishing, Publisher

《英语同义词词典》
J.I.罗代尔
大中出版社出版

The Synonym Finder
J. I. Rodale
Grand Central Publishing, Publisher

《韦氏大学词典 第11版》
J.I.罗代尔
韦氏公司出版

放在身边几步远的

Techniques of the Selling Writer
Dwight V. Swain
University of Oklahoma Press, Publisher

《畅销书写作技巧》
德怀特·V.斯温

俄克拉荷马大学出版社出版

Fiction Is Folks, How to Create Unforgettable Characters

(Out of print at the moment. Try and find a copy anyway.)

Robert Newton Peck

Writer's Digest Books, Publisher

《小说是平民故事——如何创作难忘的人物》

(现已绝版,尽力找个副本)

罗伯特·牛顿·派克

作者文摘出版社出版

Plot

Ansen Dibell

Writer's Digest Books, Publisher

《情节》

安森·迪贝尔

作者文摘出版社出版

附录A

The Writer's Journey
Christopher Vogler
Michael Wiese Productions, Publisher

《作者的旅程》
克里斯托弗·沃格勒
迈克尔威斯有限公司出版

The Hero With A Thousand Faces
Joseph Campbell
New World Library, Publisher

《千面英雄》
约瑟夫·坎贝尔
新世界图书馆出版公司出版

The Power Of Myth
Joseph Campbell with Bill Moyers
Anchor Books an imprint of Doubleday, Publisher

《神话的力量》
约瑟夫·坎贝尔,比尔·莫耶斯

铁锚图书出版，道布尔迪版权

存在家里的

Linda Goodman's Love Signs
Linda Goodman
Harper Perennial, Publisher

《琳达·古德曼的爱情符号》
琳达·古德曼
哈珀永久出版社出版

（关于恋爱关系的维系方式与如何创作恋人故事的小说，此书不可多得。你随便放两个人进同一个房间，矛盾随即产生。）

The New Dictionary of Cultural Literacy
E.D.Hirsch Jr., Joseph F. Kett, James Trefil
Houghton Mifflin Harcourt, Publisher

《文化素养新词典》
小E·D.赫希，约瑟夫·F.克特，詹姆斯·特拉菲尔
哈考特出版社出版
（一般美国人能否理解你作品中提到的神话、传奇、圣经

引用、科学原理或历史事件？此书能帮你确定这一点。)

The Timetables of Science

(Out of print. Find it used!)

Alexander Hellemans, Bryan Bunch

Simon and Schuster, Inc., Publisher

《科学时间表》

（已绝版，找本二手书！）

亚历山大·赫莱曼斯，布莱恩·邦切

西蒙舒斯特公司出版

（此书不仅有助于创作历史类作品，还有助于写当代作品的作者理解影响人物早期生活的事件。）

The Timetables of History

(Out of print. Find it used!)

Bernard Grun

Simon and Schuster, Inc., Publisher

《历史时间表》

（已绝版，找本二手书！）

伯纳德·格伦

西蒙舒斯特公司出版

（该书列出了一份绝佳的历史时间线，对于写历史作品和当代作品的作家来说必不可少。人物是由他们生活中的事件塑造的。）

What Happened When
(Out of print. Find it used!)
Gorton Carruth
Signet Reference, Penguin Group, Publisher

《那年那月》
（已绝版，找本二手书！）
戈顿·卡鲁斯
企鹅集团出版

（该书与《历史时间表》相似，版式不同，我两本都有，但有的写作者可能会偏向其中一本。）

附录B

GMC表

后面几页是本书提到的电影主要人物GMC表，这些电影有：

《绿野仙踪》
《鹰狼传奇》
《卡萨布兰卡》
《终极证人》

我把《星球大战》和《亡命天涯》略去了，这样你就能创建你自己的GMC表，分析本书讨论过的电影。

注：言情小说作家或许还想建立以下电影的GMC表：《斯通家族》《爱情叩应》《冰上奇缘》《风月俏佳人》和《理智与情感》。

《绿野仙踪》

桃乐茜

如果你想找到心之所向,就必须向内心去探求。
家是世上最好的地方。

桃乐茜 不快乐的少女	外部	内部
目标	回家 1.到翡翠城 2.见魔法师 3.找到女巫的扫帚	找寻内心的向往,找一个没有烦恼的地方
动机	婶婶埃姆危在旦夕 1.魔法师在翡翠城 2.魔法师能送她回家 3.送她回家的代价是女巫的扫帚	1.她不开心 2.她到哪儿都会有烦恼
矛盾	1.坏女巫 2.热气球没等桃乐茜就离开了	她不知道自己想要什么

注:"热气球升空"并非魔法师的次要矛盾,也是中心矛盾。

《鹰狼传奇》

纳瓦拉

荣誉不是拿在手中的利剑,而是心中怀抱的信念。

纳瓦拉 有荣誉感的骑士	外部	内部
目标	他想杀死安圭拉的主教	他想重拾荣誉
动机	1.复仇 2.主教诅咒纳瓦拉和伊莎贝"永远在一起却永远不得相见",以此折磨他们对彼此的爱	他没能保护伊莎贝,让她受了主教的诅咒,由此他失去荣誉
矛盾	1.主教受到严密保护 2.纳瓦拉要在不引起怀疑的情况下进入城中,需要别人帮助	如果复仇就能换回荣誉,他愿放弃任何打破诅咒的机会

《鹰狼传奇》

伊莎贝
苟活于世不是真正的活着。

伊莎贝 忠诚的生存者	外部	内部
目标	她想熬过夜晚，保护好那匹狼	她想一直熬到打破诅咒
动机	如果她撑不下去，就会和纳瓦拉分开	如果不打破诅咒，她再也无法与爱人说话，无法触摸到爱人
矛盾	她被带得离安圭拉越近，面临的危险就越大	那个背叛过他们的修道士最后找到了打破诅咒的办法，但纳瓦拉不愿接受他的帮助

《鹰狼传奇》

菲利普·加斯顿

即便是小偷也有荣誉。

菲利普 魅力十足的小偷	外部	内部
目标	他想尽可能远离安丰拉的地牢和守卫 **他想把纳瓦拉和伊莎贝一同带回来**	他想要过得体面有尊严,想要融入某个集体,而非远离一切事物(记得有个狱友曾说"至少尊重他"。)
动机	他被定罪为小偷,面临死刑 **他开始在乎纳瓦拉和伊莎贝,认为他们的爱情是真实的,是值得尊重的,他们应该拥有幸福**	1.他不清楚自己作为人的价值所在 2.他一直独身
矛盾	他卷入了纳瓦拉的事情当中,纳瓦拉想要菲利普帮他混进安丰拉 **纳瓦拉不听修道士的**	1.他不愿相信自己对正误的判断 2.他看到了太多世间的阴暗面,做好事总是给他带来麻烦 3.他与上帝协商,而非自己做决定

注:外部GMC中字体变化代表人物原本的GMC变化。那不是附加目标,而是完全改换的目标。

《卡萨布兰卡》

里克·布莱恩

个人能给整个世界带来改变。

战争中的女人必须做出孤注一掷的抉择。

里克 愤世嫉俗的独行者	外部	内部
目标	1.维持酒吧经营 2.惩罚伊尔莎 3.送伊尔莎和维克多上飞机	1.重新找回在巴黎失去的爱 2.为这个世界做点正事
动机	1.缺钱，他人所需 2.伊尔莎在巴黎的离去让他伤心 3.保证伊尔莎的安全	1.失去伊尔莎的痛从未消散 2.时间一天天过去，他终于看清战争给周围人带来的后果
矛盾	1.法国地方官握有所有权力 2.惩罚伊尔莎会让她面临更多危险 3.维克多被捕入狱	1.伊尔莎结婚了 2.他必须抛弃个人的幸福

《卡萨布兰卡》

伊尔莎·伦德拉斯洛

把世界安危放在个人幸福的前面。

伊尔莎 肩负重担的妻子	外部	内部
目标	把丈夫送上去往里斯本的飞机	重新找回快乐和激情
动机	丈夫处境十分危险	1.她认识到,嫁给维克多并非出于爱情,而是出于尊重 2.她跟里克在巴黎那段日子是爱情
矛盾	丈夫安全之后,她就能与里克在一起	1.里克不会让她离开维克多,维克多身边需要她 2.她生命中的两个男人都很高尚,她不能做自私的决定

《终极证人》

瑞吉娜·洛芙

你要通过给人新的印象来重建信任。
在别人跟随你之前,你得先找到自己的路。

瑞吉娜 值得信任的律师	外部	内部
目标	1.想当上一位传奇的地方检察官 2.想要保护马克,让他不受政府、坏人和他自己的伤害	1.想要超越过去 2.想要再次成为她孩子们生活的一部分
动机	1.证明自己 2.只有她能帮助马克,走错一步马克就会失去生命	1.她为自己酗酒的样子感到羞耻 2.她爱她的孩子,想念她的孩子
矛盾	1.她才上任两年 2.马克不信任她	1.人们不会轻易忘记或原谅酒鬼 2.孩子们不信任她

《终极证人》

马克·斯威

没人能独自生存。
我们都需要学会寻求帮助。

马克 有胆量的问题男孩	外部	内部
目标	1.掩饰好自己目睹一个男人自杀过程的事 2.保护家人	他想有个人来扛起重担,希望有个能靠得住的大人保证他的安全
动机	1.他不想惹麻烦 2.家人的生命受到威胁	妈妈拼命工作来勉强维持一家人的生计,马克必须快速成长,照顾好自己
矛盾	1.眼前的证据不断戳穿他的谎言 2.他不知道要相信谁	他过于自傲,过于冷漠,拉不下脸去寻求帮助